Stardust

Léonora Miano

Stardust

TRADUÇÃO
Dorothée de Bruchard

autêntica contemporânea

Título original: *Stardust*

EDITORAS RESPONSÁVEIS
Ana Elisa Ribeiro
Rafaela Lamas

PREPARAÇÃO
Sonia Junqueira

REVISÃO
Marina Guedes

CAPA
Diogo Droschi

ILUSTRAÇÃO DE CAPA
Anna Cunha

DIAGRAMAÇÃO
Waldênia Alvarenga

Cet ouvrage, publié dans le cadre du Programme d'Aide à la Publication *Atlantique noir* de l'Ambassade de France au Brésil et de la Saison France-Brésil 2025, bénéficie du soutien du Ministère de l'Europe et des Affaires Etrangères.

Este livro, publicado no âmbito do Programa de Apoio à Publicação *Atlântico Negro* da Embaixada da França no Brasil e do Ano França-Brasil 2025, contou com o apoio do Ministério Francês da Europa e das Relações Exteriores.

Dados Internacionais de Catalogação na Publicação (CIP)
(Câmara Brasileira do Livro, SP, Brasil)

Miano, Léonora
Stardust / Léonora Miano ; tradução Dorothée de Bruchard. -- Belo Horizonte, MG : Autêntica Contemporânea, 2024.

Título original: Stardust

ISBN 978-65-5928-430-6

1. Ficção francesa I. Título.

24-206568 CDD-843

Índices para catálogo sistemático:

1. Ficção : Literatura francesa 843

Cibele Maria Dias - Bibliotecária - CRB-8/9427

A **AUTÊNTICA CONTEMPORÂNEA** É UMA EDITORA DO **GRUPO AUTÊNTICA**

Belo Horizonte
Rua Carlos Turner, 420
Silveira . 31140-520
Belo Horizonte . MG
Tel.: (55 31) 3465 4500

São Paulo
Av. Paulista, 2.073 . Conjunto Nacional
Horsa I . Salas 404-406 . Bela Vista
01311-940 . São Paulo . SP
Tel.: (55 11) 3034 4468

www.grupoautentica.com.br
SAC: atendimentoleitor@grupoautentica.com.br

Prólogo

Stardust foi o primeiro romance que compus com a intenção de publicá-lo. Escrito há mais de vinte anos, narra um momento marcante da minha vida, o período em que fui acolhida num centro de reinserção e acolhimento emergencial do 19º Arrondissement de Paris. Eu era então uma jovem mãe de vinte e três anos, sem domicílio e sem visto de permanência. Se falo aqui em composição e qualifico o texto como romance, é porque ele não constitui um diário dos meses passados naquela instituição. Os eventos vividos não são todos relatados. Algumas personagens foram omitidas, muitas situações não são descritas, as que o são nem sempre obedecem à exata cronologia. Meu desejo, mais que tudo, era me debruçar sobre minha vida no interior daquele abrigo, me libertar das histórias, dos rostos que, anos depois, continuavam a me assombrar.

Por ser ele um texto tão pessoal, esperei um longo tempo para oferecê-lo aos leitores. Não queria ser definida por esses fatos passados, ser a sem-teto que escreve livros. Conheço a sociedade francesa e sua propensão a confinar suas minorias sobretudo nos aspectos degradantes – ou percebidos como tais – de suas trajetórias. Aos quase cinquenta anos, após numerosas publicações e algumas belas recompensas, não tenho nada a provar. É, então, mais fácil revelar que fui, outrora, essa jovem em situação de precariedade extrema. Também é hora de permitir que os que me têm acompanhado nesses anos todos me conheçam melhor, quiçá me compreendam. Dos meus prenomes, Louise é aquele a que respondo naturalmente na vida de todo dia, além de Léonora. Quanto à minha filha, seu nome é uma versão japonesa de Bliss.

Embora *Stardust* tenha sido burilado ao longo dos anos, já que eu incansavelmente retornava a ele, o tema, o tom, o fraseado não podiam ser mudados. O que o foi: o título, os nomes das protagonistas – não raro, eu mantivera os verdadeiros – e o foco narrativo. O romance foi originalmente escrito na segunda pessoa do plural, o que o tornava uma invocação ressoando alto demais nos meus ouvidos para cumprir a função libertadora que eu esperava dele. A terceira pessoa do singular afasta os perigos inerentes a uma travessia do próprio infortúnio. A palavra pode falhar em libertar, recriar a desgraça com seu poder performativo. Acrescente-se que, face a uma sociedade que não se identifica conosco, o emprego do *eu* parece pouco pertinente. A força do *eu* vem de sua capacidade de representar um *nós* que não existia verdadeiramente para a jovem que eu era.

Tenho por ela um carinho imenso. Seu orgulho é o orgulho dos gravemente feridos. Tantos gritos formam a matéria dos seus silêncios. Sua fúria, que remontava aos dramas da infância, às violências também, por muito tempo habitou minha escrita. Sou-lhe grata por não ter posto fim aos seus dias no ano em que fez trinta anos, exaurida por provações que não cessaram com sua saída do centro de acolhimento, cansada de galgar infindavelmente a mesma montanha e não ver tomar forma o seu destino de cantora. O que mais uma vez a deteve foi a imagem de sua filha, a visão da menina deparando com o corpo sem vida da mãe. Porque se limitou a uma noite sem dormir e enfrentou com garra os dias que se seguiram, assinei meu primeiro contrato de edição e reingressei na universidade em 2004. Tínhamos trinta e um anos.

É uma França esquecida, a que se encontra em *Stardust*. Uma França de antes do euro, de quando a renda mínima de inserção (RMI) ainda não fora substituída pela de solidariedade ativa (RSA). Esses detalhes constituem o cenário da história. O que realmente conta transcende o tempo. Hoje, como ontem, é possível entrar na França de maneira absolutamente regular e depois perder o direito de nela residir. Hoje, como ontem, acidentes da vida empurram pessoas de todas as origens e condições sociais para o fosso da exclusão. *Stardust* conta minha entrada na idade adulta e expõe uma profunda aspiração à verticalidade que nunca me deixou. Estas páginas são dedicadas à minha filha e à minha avó materna. Seu amor e confiança foram minha armadura e minha bússola.

Léonora Miano

Para Yasuna
Para Régine

Up from a past that's rooted in pain
I rise…
Leaving behind nights of terror and fear
I rise

Maya Angelou

Mbambe,[1]

Sinto sua falta. Não respondi à sua última carta. O que você deve estar pensando. Muitas vezes, mais olho para ela do que a leio. Conheço-a de cor. O traçado inábil da sua escrita me comove. Você não terminou o ensino médio. Estava com dezesseis anos, acho, na segunda série, quando vovô, à época mestre-escola, quis casar com você. Você então não chegou a se formar.

Ainda assim, você me escreve. Faz questão. Eu sou sua neta. A primeira. Um presente dos céus pelos seus cinquenta anos. E me ama com um amor sem igual, que não pede nem espera nada. Nada além, pelo menos, de uma resposta à sua carta.

Você me pergunta se estou bem. Diz para eu não me preocupar com o que as pessoas falam. Eu tive um bebê, isso não é nenhum crime. Mesmo eu não sendo casada. Mesmo tendo tido de largar a universidade. Você diz que sou uma mulher. E que as mulheres põem bebês no mundo. Você pergunta sobre sua bisneta. Que nome lhe dei. Bliss. Ela se chama Bliss. E é a oitava maravilha do mundo. Queria te dizer tantas coisas. Por onde começar? Como explicar que nem caneta eu tenho, que as palavras, quando

[1] Avó, em língua duala dos Camarões. (N. A.)

me vêm, ficam presas dentro de mim, impossíveis de pronunciar.

Revejo a mim mesma, criança, na sua cozinha. No assentamento[2] da sua família, situado atrás do colégio De La Salle, em Duala. Essa cozinha. Um cômodo pequeno e escuro. Três blocos grandes de cimento compõem o fogão. Sobre ele, uma larga caçarola de ferro. Corre um lagarto pelo chão de terra. O molho borbulha na caçarola. Dou um beijo em seu rosto, e você ri. Eu rio junto. Não dizemos nada.

Corro lá fora, tonta de alegria. Estou com um vestido bonito, sem costas. É vermelho. Minha cor favorita. Crescendo no pé rente à sua casa de madeira, uns pimentõezinhos verdes me atentam. Levo-os à boca. São ardidos!

Gesto infantil, prenunciador de equívocos por vir. A reflexão, em mim, não raro sucedeu à ação. A paixão muitas vezes dominou a razão. A imprudência tem consequências. A minha me trouxe até aqui.

---

[2] No original: *concession*. Na África negra, o termo designa um recinto cercado que reúne, ao redor de um pátio, as habitações dos membros de uma mesma família. (N. T.)

Quatro paredes. Uma cama bamba. Lençóis furados, nunca trocados. Por esse preço, não dá para exigir muito. É verão num bairro burguês de Paris. O hotel chinfrim fica próximo de cinemas, restaurantes, comércios. As pessoas normais passam sem ver. É um não lugar. Uma dimensão suspensa em algum ponto entre a existência dos possuidores – rentistas, assalariados, ou mesmo beneficiários sociais – e uma zona de ausência onde tudo falta.

Nesse vácuo, sujeitos meio sujos batem às portas. Têm gordura na barriga. Um hálito pouco fresco. Um olhar lascivo elucida o sentido de suas palavras quando dizem:

– Você me deve duas diárias.

A jovem conhece esses olhos. O desejo dos homens, ela conheceu antes mesmo de saber dar nome a um e aos outros. Sabe tudo sobre essa vontade que, em breve, não irá pedir permissão. Não se trata sequer de predação. Caça exige esforço e estratégia. Aqui há tão somente voracidade. Voracidade do abutre farejando a carniça.

Ela responde:

– Ao meio-dia eu lhe pago.

Ele insinua:

– Posso ser compreensivo, sabe... Aliás, ia mesmo lhe propor utilizar um chuveiro. Há um no quinto andar, no corredor.

Ele diz que não está com a chave ali com ele. Ela sabe que precisa ir embora. Sair dali hoje mesmo.

– Ao meio-dia eu lhe pago.

E, devagar, torna a fechar a porta.

São apenas oito horas. A pequena Bliss, um bebê ainda, chora na cama de lençóis sebentos. A mãe se encosta contra a porta. O dia inteiro vai ser sujo. Vai precisar mendigar. Suplicar à assistente social dinheiro para pagar o hotel. Implorar que ela encontre uma vaga numa casa materno-infantil. Para elas duas. Que não lhe tire sua filha. Que a ajude a manter sua guarda.

Pega no colo a menina, que está para completar seu primeiro ano de vida. Descobre um seio não banhado por falta de comodidades no hotel. Ainda tem leite. Mesmo privada de alimento, como é frequentemente o caso, pode amamentar sua menina. A pequena está crescendo. A mãe olha para ela, pergunta-se como estar à altura de tamanha confiança, tamanho abandono.

A menina é seu universo. Seus olhos negros descortinam futuros. Horas desalgemadas, limpas. Espaços e eras propícios ao sonho, à leveza. Pedem que ela as conduza até lá. Ela tem de conseguir. Encontrar o caminho. A filha segura sua mão. É preciso andar. A menina planta, no coração da mãe, um orgulho inefável. Não se deixar esmagar. Não deixar que a sombra a encubra. Bliss dá Louise à luz, obriga-a a ficar de pé.

Um dia, longe do ranger das batalhas, Louise irá entender o que se ganha com a luta. A pequena não pede nenhum sacrifício. Apenas presença. Alegria. Doçura. Desabrochar. Ela a quer livre e forte. Libertada dos pesos mentais, dos antigos mal-estares. Bliss anseia apenas por sua plenitude. Essa plenitude que Louise teria demorado a buscar, não fosse ter sido obrigada a assumir sua própria vida. A existir.

Não será hoje, às oito e meia da manhã, que ela saberá que uma maternidade inesperada pode ser uma experiência fundadora. Por ora, repassa mentalmente a argumentação de dois minutos ou mais que deverá apresentar à trabalhadora social. A quem foi delegado o amor ao próximo nessa sociedade bem regulada. Que não imaginava que o próximo pudesse ser tropical e colorido. Ela agora sabe, e ainda não se refez.

Mesmo aqui, neste bairro burguês, é elevado o contingente dos peles escuras. Pergunta-se de onde eles vêm. Por que não ficam por lá, nas antigas colônias, às quais já não temos nada a dever. Eles agora não são independentes? História é coisa complicada. A assistente social – que, aliás, é de origem portuguesa – só a conhece superficialmente. E, depois, a independência dos ex-colonizados não está em discussão. Os humanos precisam viver, apenas isso. Eles tentam, só isso.

Louise terá de aguardar sua vez. A sala de espera já estará lotada quando chegar ao Centro de Ação Social. Os necessitados acordam cedo. Seus dias são longos. Tantas portas para bater. E às vezes, antes de alcançá-las, há um muro de arame farpado a transpor. Crianças agitadas estarão gritando, correndo por todo lado, seus pezinhos percutindo no piso metálico do mezanino. Louise sabe que terá de exibir tesouros de concisão, de precisão, para uma assistente social irritada com toda essa gente que julga possuir direitos e nem sequer fala francês.

Promete a si mesma ter todas as qualidades exigidas. Não ir embora de mãos abanando. Vai se mostrar amável, ajudável. É preciso. Não passar mais nem uma noite neste hotel. Não ter mais que voltar para cá. Ela junta suas coisas. Tudo que possui de precioso. Roupas de bebê, bichos de pelúcia. Quem está sem um ancoramento regular tem de aprender a se desfazer do supérfluo. Até os livros, precisou deixar para trás. Dispersá-los pelos tantos lugares onde esteve antes deste. As cartas recebidas de Camarões não passam de reminiscências, mas permanecem vívidas. Persistentes.

Assim que a pequena adormece e seu olhar vazio gruda no teto de onde caem lascas de tinta amarelada, Louise se recorda dessas cartas. Que vêm lembrá-la de como era estar viva. De por que isso pode valer a pena. Conservou apenas uma, de sua avó. A última, enviada quando Bliss nasceu, aos cuidados de uma ex-colega de faculdade.

Também os discos foram abandonados. A música, contudo, habita igualmente a memória. Blues. Jazz. Gospel. Soul. New Jack. Acid Jazz. Sons de uma era pretérita, já precária e deslocada. Sim, ser profundamente quem se é toma um tempo danado. Enredada nas conveniências e contingências, Louise esperou um longo tempo até tomar suas próprias rédeas. Vinte e três anos e uns quebrados. Um longo encarceramento no querer dos outros. A remissão de pena não será imediata. Mas virá. Ela sabe. Quem sabe até uma libertação. Disso não está totalmente segura.

Música e palavras do passado se entrelaçam dentro dela. Porque ainda as possui, resta-lhe uma chance. A vida de antes, no que pesem suas imperfeições, deixou-lhe um legado de possibilidades. Swing e poesia. Elixir de sobrevivência. Poção mágica. Perdê-los seria cortar o fio de Ariadne. O esquecimento é Átropos, a terceira parca. Aquela que rompe. Inflexível, cega, peremptória. Lembrar é preciso. Até mesmo o obscuro. Conhecer sua própria gênese. Trilhar seu próprio êxodo, a saída da infância. Conhecer suas próprias leis, não as dos outros. Saber como viver, e por quê.

Antes de sair, precisa dar um banho em Bliss. Não há chuveiro, mas a pia é suficiente. Ela ainda é tão pequena. Está crescendo, mas é miudinha. Louise escuta sua avó dizendo:

– Se o que diz a Bíblia é verdade, foi com a própria terra que Deus moldou o ser humano. Por isso é que a ela se entregam nossos corpos quando partimos desta vida. Mas tenho para mim que não somos todos feitos exatamente da mesma matéria. Você, filha, é poeira de estrelas. Nasceu para brilhar. Mesmo no fundo da água. Mesmo na lama. Mesmo sem querer.

Ela arruma suas coisas. Com gestos vívidos. Decididos. Espera realmente não voltar para este lugar. Seus pertences são poucos. Uma calça jeans, três camisetas, um par de tênis de lona gastos até a medula. Assim como a calça, estão sempre com ela. E há Bliss. Essa menininha. Os olhos de Louise pinicam quando ela diz: *Mamãe*. Bliss, que não é um pertence, é uma alma, talvez mais antiga que a de sua mãe. É a impressão que dá o seu olhar, tão profundo, por vezes.

Quem queria um filho era o garoto. Louise, por ela, não pensava perpetuar a espécie. E, um dia, alguém sugeriu que fizesse um teste de gravidez em vez de pedir um antibiótico para a gripe. Sentia-se esquisita. Febril. Um tantinho nauseada. Pensava estar doente. A amenorreia não a preocupava. Estava habituada com aquele corpo que não se decidia a adentrar a feminilidade. Lá se ia quase um ano que não sangrava, e não lhe fizera falta. O teste deu positivo. Louise se viu lançada diante do imemorial destino das mulheres.

Está um dia bonito. Como sempre nessa época do ano, Paris não é mais uma cidade francesa. Falam-se ali todas as línguas. Vem gente de toda parte. Lancha-se pelas esquinas. As pessoas têm fome desde cedo. Pelo simples fato de estarem à venda, já sentem um imediato e irreprimível desejo por essas tantas coisas expostas nas vitrines. Fazem aquilo que se espera delas. Consomem. As pessoas. Todo o mundo.

Uns bêbados tomaram conta da praça vizinha ao Centro de Ação Social. *Pinguços*, como se diz em Camarões. Têm a cara vermelha. Eczema. Rosácea. Louise, nesse exato momento, não sente qualquer empatia por eles. Não tem forças para isso. Tudo nela tende para um único objetivo. Sair do buraco. Pousar em algum lugar. Relaxar. Parar de temer que o gerente de um hotel sem conforto arrombe a porta de seu quarto para cobrar o pagamento em espécie. Imagina a cena. Apressa o passo ao pensar que Bliss estaria presente e ela não ousaria gritar por medo de assustá-la. Teria de defender-se em silêncio. Carregar em si e consigo as marcas de uma eventual derrota.

O olhar dos beberrões é sem alegria. Seus cães são sujos. Ela passa reto. Não está entre suas necessidades presentes examinar as diferentes formas de marginalidade. Compreender por que esses homens estão nessa. Interrogar-se sobre suas vidas antes da queda. Quando eram maridos e pais. Assalariados comuns. Não quer ficar *sem domicílio fixo*, como se diz. Eles parecem ter se acomodado nessa situação. Ela quer distância.

Com vinte e três anos e um bebê, Louise tem medo do que esses homens representam, do que a espera caso a assistente social a despache com um pontapé no traseiro. Depois de lhe tirar Bliss. De sugerir veementemente que ela volte para o seu país. Porque os trabalhadores sociais, bem como o conjunto da sociedade, julgam saber de onde as pessoas são e onde é bom que se estabeleçam. Esses homens agrupados na praça acaso não estão no seu país?

Por mais que se esforce, não pode se impedir de vê-los. Têm o semblante de quem não tem ninguém há muitos anos. Todo mundo sabe onde fica o fosso. Todo dia vê-se alguém se acercando demais. Fica-se olhando. De longe. Estender a mão já é beirar o abismo. Às vezes, acontece de ser alguém que se ama. Isso não muda nada. O amor nem sempre é mais forte que o medo. Sobretudo este, hoje em dia. O medo da desclassificação. O terror da exclusão social.

Louise carrega Bliss no quadril. É como fazem as mulheres no litoral de Camarões. A menina brinca de puxar seu cabelo, que ela usa crespo. E ri. Como faz com frequência. Elas chegam ao final da praça. O Centro de Ação Social fica logo depois. É tão feio. Dá vontade de voltar atrás. Um percurso de reinserção começa como um castigo. Penetrar nesse local. Adotar um *low profile*. Admitir que se fez algo de errado. E daí? Louise amou demais, cedo demais. Perdeu no jogo e perdeu no amor. Teria sido melhor esperar. Terminar a faculdade. Ganhar dinheiro. Se assentar. Depois viver. Fazer as coisas na ordem certa.

Enquanto aguarda sentada num banco rebatível que já acolheu seu traseiro na véspera e na antevéspera, pergunta-se se de fato procurou essa aventura. Precocidade é que nem a cor da pele ou o tamanho dos pés. Não se escolhe. Não se tem por querer. Houve momentos, aliás, em que foi difícil para ela. Sempre a situava dentro do excesso, apesar da sua vontade. Alta demais para sua idade. Já muito mulher, diziam. Curiosa demais para uma menina. Desejosa demais de ser livre. A prontidão para a vida se impusera qual uma força invisível. Talvez fosse uma natureza. Como saber, e o que fazer com essa informação? Só a realidade contava, e cabia em poucas palavras.

Louise tinha ido morar com o garoto que amava num apartamento do qual tiveram de sair pouco tempo depois. Ele havia lhe dito que o bancava sozinho. Que pagava o aluguel fazendo uns bicos. Ele era DJ, tocava música em festas. Ela acreditara. Conheciam-se desde o colégio. Hoje, não se atreve a pensar que se amavam. Era o que eles achavam. Louise então deixara a cidade universitária do interior onde tinha um quarto, matriculara-se na Universidade Paris X e se mudara para a quitinete. Em Porte de Montreuil.[3] Numa rua sem graça e mal frequentada.

E então a realidade tinha se imposto. Fora preciso encarar a verdade. O garoto tinha enfeitado um pouco as coisas. A família dele não aprovava seu relacionamento com Louise. A mãe, principalmente. Dizia que tinham enfeitiçado seu filho. Avisou: *É ela ou eu*. Ao ver que ele não desistia, cortara a mesada do seu menino querido, deixara de pagar metade do aluguel, comunicara ao proprietário que estava cancelando a fiança. Os dois jovens se viram, de repente, sem ter onde morar. Uma noite, voltando do cinema, encontraram uma correspondência do locador pedindo que desocupassem o imóvel. Alguns meses

[3] Um dos bairros mais pobres de Paris, situado no 20º Arrondissement. (N. T.)

depois, no quarto em que moravam clandestinamente em troca de serviços, a jovem descobrira estar grávida.

Tudo isso agora pertencia ao passado. O que contava era a continuação da história. A que ela estava escrevendo. Cansada da errância a dois, incapaz de seguir acordando cada dia num quarto de hotel diferente que não teriam como pagar, tinha achado melhor se virar sozinha. Não podia continuar com um garoto que não conseguia virar homem, que ficava na cama até tarde, enquanto ela tinha que cuidar de Bliss. Não ia ser mãe deles dois. Ele dormia, enquanto ela tinha passado a noite em claro. Numa fração de segundo, decidira dar um salto sem rede e deixá-lo para trás. Era o único jeito de recordar que o tinha amado, de se lembrar dele vivo. Era o único jeito de impedir que se instalasse o ódio onde já não havia mais respeito. Levara Bliss consigo, apertando junto ao peito a melhor parte dele.

Um sol pálido estava prestes a varar as nuvens, e ele virava de lado para não ser perturbado pela luz, quando Louise dissera: *Estou indo embora com a pequena.* Nem uma palavra mais. Ele lutava contra o sono, ela já tinha zarpado. Fora a primeira etapa do seu percurso. Com Bliss no colo, tinha voltado para o hotel de onde agora tentava sair. O gerente barrigudo a recebera com subentendidos no olhar:

– Fez bem em largar daquele rapaz. Não era um rapaz sério...

Não sabe se sente sua falta. Só o que lhe importa é abrir um caminho para a vida. De novo. Depressa. Antes de já não conseguir se erguer do tombo e acabar encalhando numa praça.

Algumas semanas antes, uma antiga colega da universidade tinha consentido em lhes fornecer um atestado de hospedagem. No quarto clandestinamente ocupado em troca de serviços, eles tinham, por falta de endereço, perdido o direito de residir na França. Ainda estava matriculada na universidade, embora não pisasse os pés no campus desde meses. A bolsa concedida pelo governo camaronense não era paga desde tempos imemoriais

– Devido aos problemas de caixa enfrentados por nosso país desde a desvalorização monetária –, mas Louise conseguira uma declaração de apoio junto à representação consular de seu país natal.

Munida desses documentos que comprovavam uma residência fictícia e rendimentos tão intangíveis quanto, apresentara-se na Préfecture da Rue Miollis, onde eram atendidos os estudantes. No exato momento em que, tratando de conferir a materialidade do pagamento da bolsa, um funcionário zeloso exigia a apresentação de extratos de conta e outras papeladas do tipo, Bliss começara a chorar. O lado humano prevalecera. O policial incumbido de não acolher a inteira miséria do mundo se enternecera, pegara a bebê do seu colo.

Fora assim que ela transpusera a segunda etapa do percurso: ter uma existência legal, o direito de comparecer diante dos trabalhadores sociais. Não podiam ameaçá-la de recondução à fronteira. Nascida de um pai que viera ao mundo em território francês, Bliss era francesa. E Louise, tão logo obtivesse o visto de permanência definitivo, ganharia uma carteira de residente.

Não é mais, portanto, uma sombra tendo de andar rente às paredes. Deve agradecer a Deus? Ela não sabe. Louise não tem religião. A única palavra que ressoa dentro dela é a palavra poética. Versos livres, estridentes. Beliscam seus neurônios e seu coração como se fossem cordas de um velho violão de madeira que sempre saberá fazer soar a vida. São as palavras de um poeta esquecido, o preferido da sua adolescência, um desses que não serão celebrados nos salões.

Não há desespero por maior que ele seja
Que não encontre na encruzilhada
a morte ao nascer da aurora[4]

---

[4] *Il n'est point de désespoir si fort soit-il / qui ne trouve au carrefour sa mort à l'aube*. Léon-Gontran Damas, "Il n'est point de désespoir", in *Névralgies* (1966).

Esses versos de Damas gritam dentro dela. São sua prece pagã. Louise promete a si mesma comprar um novo exemplar de *Pigments et névralgies*, essa coletânea já antiga. Assim que possível.

A assistente social chama seu nome. A jovem se surpreende. Ao contrário do que ocorre habitualmente, não tropeçou em cada letra como se ele fosse um erro em si. Estigma, entre tantos, de uma alteridade negativa. Não reconhece a voz que a interpela. Bliss vai na frente, bamboleando alegremente. A menina já caminha. Ficou de pé com oito meses. Sempre sabe para onde ir. Bliss. Nunca se queixa. Só chora na hora do banho, porque a água é um pouco fria. Sua mãe segue atrás. Na sala, uma desconhecida a recebe. É verão. A senhora S., que costuma atendê-la, está de férias.

Foi-se em busca de sol, com suas túnicas verdes e roxas, suas sandálias hippies de couro cru. Com seu disfarce, em suma. No fundo, tem tudo em comum com os eleitores da direita linha dura. Estes, ao menos, não vêm com lorotas. A senhora S. foi-se à praia, com seu feminismo radical que só sabia dizer:

– Uma moça do seu tipo não ficaria com o bebê. Acho que fez de propósito para obter uma carteira de residente. Sabia que sua filha teria nacionalidade francesa...

Fora ela própria quem lhe informara que teria direito ao tal visto de permanência. Nunca tendo se interessado pelas questões jurídicas, Louise desconhecia as muitas sutilezas dos direitos dos estrangeiros; até agora não sabia se era em virtude da lei Pasqua, Debré ou outra que poderia receber os documentos de permanência.

Em 1972, *Névralgies* foi reeditado juntamente com *Pigments*, a primeira coletânea do autor, publicada originalmente em 1937. Lançada recentemente entre nós na tradução de Lilian Pestre de Almeida, *Pigmentos – Nevralgias* é a primeira obra do autor a ganhar edição brasileira (Papéis Selvagens, 2024). (N. T.)

Não procura entender esse dispositivo em particular que reza que Bliss, nascida de pais subsaarianos, seja declarada francesa porque um deles veio ao mundo em território francês. Ele hoje está sem documentos, mas assim é que é: a menina pode viver na França. Isso serve aos propósitos de Louise. Não busca saber mais. A ideia de voltar para Camarões não roçou sua mente mais que um breve instante. Lá, tirando sua avó, ninguém a receberia com um sorriso. Iria macular a imagem social da família. E a imagem é tudo. O que as pessoas vão dizer.

A assistente social substituta é jovem. Ainda acredita. Ainda é ardente o seu amor, novo em folha, pelo próximo. É de uma geração que dança ao som do raggamuffin, milita pelo comércio solidário. Pertence a um Ocidente que gosta menos de si mesmo, em cujos ombros continua a pesar o fardo do homem branco,[5] mas não pelos mesmos motivos. Ela a trata por *você* entre dois *a senhora* visivelmente forçados. Até que, não se aguentando, pede licença para se expressar livremente, isto é, sem formalidades. Louise a imagina muito bem como ouvinte da Radio Libertaire.[6] Cada um se vira como pode com sua dor. Cada um constrói sua mitologia, e sua realidade.

Pondera que seria pouco diplomático lamentar abertamente a liquefação da cortesia, sua dissolução próxima. De que serviria declarar que prefere um tratamento mais formal, *Por favor, se não for incômodo?* Também não é momento de dizer que o homem branco vai carregar sozinho o fardo que assumiu ao inventar lorotas para si mesmo. Seria agressivo. Antipático. Seria como cuspir numa mão estendida. Como insultar a sorte. Louise não dá uma de louca. Essa jovem libertária vai

---

[5] Referência a "The White Man's Burden" (1899), poema de Rudyard Kipling que, por sua glorificação do "dever" civilizatório do homem branco, é tido como emblemático da mentalidade eurocentrista e neocolonialista. (N. T.)

[6] Criada em Paris em 1981, a Radio Libertaire é a emissora de rádio da Fédération anarchiste (Federação anarquista). (N. T.)

defendê-las, a ela e a Bliss. Já está buscando soluções. Propõe um auxílio financeiro para quitar as pendências com o hoteleiro. Descobre que Louise manifestou, diversas vezes, o desejo de ser acolhida numa casa materno-infantil.

– Quanto ao hotel, você pode aguardar até meio-dia? Se não, terá de voltar à tarde para pegar o dinheiro...

Louise diz que vai esperar ali pelo bairro.

– Olha... os lares materno-infantis estão todos lotados no momento, e a pessoa que cuidava do seu caso antes de mim não efetuou qualquer pedido de admissão. De modo que você não consta em nenhuma lista de espera. Não fico tranquila em te saber à mercê desse hoteleiro... O que proponho é você passar uma última noite no hotel e ir para Crimée[7] já amanhã de manhã.

Louise arregala os olhos.

– É um CHRS.[8] Dizem que é barra-pesada, mas é o caminho mais seguro para conseguir um acolhimento de longa duração. Vai ter de se portar direitinho para te manterem por lá. As casas materno-infantis não podem te admitir mediante um simples comprovante. Só depois que você receber a carteira de residente. Vai ficar lá vários meses, se tiver bom comportamento.

Louise ergue os ombros. Não tem nada a perder. A senhora S. havia mencionado esse tipo de estabelecimento, mas, quando ela expressara seu interesse, a assistente social a dissuadira afirmando que ali só se podia ficar uma semana.

---

[7] No original: *te rendre à Crimée*, literalmente "ir para a Crimeia". (N. T.)

[8] Centre d'hébergement et de réinsertion sociale [Centro de acolhimento e reinserção social]. (N. A.)
O nome Crimée, com que é designado o centro de acolhimento ao longo de todo o livro, é, na verdade, o nome da rua onde está situado – a Rue de Crimée, uma das mais longas artérias de Paris, assim chamada em referência à guerra da Crimeia (1955-1956) e à vitória da coalizão formada pelo Império Otomano, França, Reino Unido e Sardenha contra o Império Russo. (N. T.)

– Pode até ser, mas tudo depende do perfil da candidata. De qualquer forma, se der errado você vem falar comigo. Meu contrato é por mais de uma semana. E eu vou estar em contato com a assistente social do Centro. Não se preocupe.

Louise meneia a cabeça.

– Muito bem. Você vai sair desta. Você é uma guerreira.

Louise tem vontade de dar um beijo nessa moça sem cerimônia que acredita nela e, com isso, desenha a *aurora* em que morre o desespero. Já não a enxerga como uma branca horrorizada com as construções do arquiteto de olhos azuis.[9] Alguém tentando redimir os erros de seus antepassados. Tudo que vê é uma pessoa desejando ajudar outra. Se consegue fazê-lo, se a cor se esvaece, é porque a libertária não se prevalece da sua raça, como fazia a senhora S. Por uma vez, nessa sala, há simplesmente uma pessoa diante de outra pessoa.

Mais tarde, Louise irá entender essa parte da sua vida. O que quer que aconteça, nunca mais será a mesma. Sua filha olha para ela e ri. Está mexendo em tudo, acabou de estourar um balão cor-de-rosa. Louise observa seu corpinho, todo dobras e curvas. A pele marrom-escura, que era rosada ao nascer. O cabelo lanoso, que ela não penteou até os nove meses por medo de machucá-la. Limitou-se a escová-lo com a palma da mão, esperando até ele ficar crespo. Quando então não teria outra escolha senão trançá-lo. Continua esperando.

Bliss tem uma carapinha farta, nevoada. Na rua, todos param para olhar para ela. É linda *demais*. *Arrasa corações, com certeza*, diz a jovem libertária. Já Louise pergunta-se como pode seu corpo ter posto no mundo essa perfeição, essa delicadeza. Sim, Bliss *arrasa*. Faz explodirem as sombras, romperem-se os

---

[9] No original: *l'architecte aux yeux bleus*, referência aos termos com que Aimé Césaire, na peça *Et les chiens se taisaient* (1958), interpela o homem branco colonizador, descrito como "construtor de um mundo de pestilência" (*le bâtisseur d'un monde de pestilence*). (N. T.)

entraves. Bliss não é poeira. É uma estrela. Sua pele é macia. Seus quatro dentes brilham como pérolas.

Louise a pega no colo. Não quer ter outro filho. Jamais. Não saberia amá-lo com a mesma força. Bliss é um milagre. Cresceu tranquilamente no ventre faminto de sua mãe. Veio ao mundo rapidinho. Com saúde. Nem deu tempo de Louise sentir dor. Suas lembranças de partos ouvidos na infância eram aterradoras. Surras magistrais, único princípio pedagógico seguido pelas mães de então, eram aplicadas em memória das dores da parição.

Bliss escapa do colo da mãe. Acercando-se da assistente social, desata a falar com ela. Tem uma linguagem própria. Firme. Com entonações. Emoção. Está realmente dizendo alguma coisa. Concluindo seu discurso, volta a brincar com o que encontra à sua frente. As duas se despedem da jovem libertária, cujo olhar diz para ter confiança. Ela não vai abandoná-las. Bliss dispara pelo corredor. Sua mãe a alcança antes que comece a descer a escada sozinha.

Louise se lembra de quando lhe disseram, na maternidade, que as crianças negras eram mais motrizes que as outras. Subentendido: menos cerebrais. Disseram apenas *mais motrizes*. Ela compreendeu. Três dias depois do parto, ao ver que ela não tinha documentos, pediram-lhe que tomasse o rumo da rua, ou teriam que chamar a polícia. Forneceram-lhe a Declaração de Nascido Vivo. O garoto apareceu. No mesmo dia, encontraram um hotel em algum lugar da periferia. Assim que a gravidez se tornara visível, tinham sido expulsos do quarto que ocupavam em troca de serviços. Num quinto andar sem elevador. Banheiro turco no térreo. Nesse cortiço, faziam com frequência a mesma refeição: sanduíche de baguette e sardinha em conserva. Desde então, tinham vagueado. Uma noite aqui, outra ali.

Louise contempla a filha. Bliss tem tudo a seu favor. Tem cérebro e músculos. Não será uma excluída. Por essa noite, ainda irão dormir no hotel. Ela vai pagar pelo quarto com o dinheiro recebido da assistente social. Pensa em Crimée. Uma península ucraniana que adentra pelo Mar Negro. Uma guerra. Dizem que é barra-pesada. A vida por lá. Em Crimée.

Chegar ao destino leva tempo, Mbambe̱. Faz alguns anos que saí da nossa terra, mas só ainda há pouco cheguei aqui. Estou começando a me abrir para as pessoas, a conhecê-las. Será que vou acabar por compreendê-las, mesmo que não se pareçam com a França, mesmo que a França não possa existir? Essa França que contam para a gente aí em Camarões. Essa que eles inventam para se acharem superiores a nós.

Toda nação cria mitos para si mesma. Toda nação se assenta em ficções. Nas ficções que nos contam sobre a França, não há exclusão social. Não há lugares onde se amontoam, se rechaçam os marginais. Na fábula que se transmite entre nós de geração em geração, o inverno é frio, mas só para permitir o uso de roupas elegantes. Mantôs. Echarpes. Botas. Ninguém diz que esse frio é mortal para aqueles que não têm para onde ir. Ninguém sabe sobre eles. Ninguém fala nas mulheres que terminam nos CHRS.

No início, lembro que eu dava bom dia para todo negro com que cruzava na rua. Era tolice. Era assim. Eu antes não queria conhecer este país. Que já havia me tirado tanto. Para além do que é possível restituir. Tinha descoberto Césaire e Baldwin. Langston Hughes e Countee Cullen. Tinha venerado Damas. Começado a questionar a opção dos meus pais de me educar em francês. A colonização não era desculpa, achava eu então. Na França, durante a Ocupação, nem os numerosos colaboracionistas tinham chegado ao ponto de falar alemão com seus filhos.

A língua é a forma como um povo diz seu ser ao mundo. É o seu modo de vida e pensamento. Pertencíamos a uma casta invejada que possuía ilusórios privilégios. Muitos desses negros que eu cumprimentava na rua tinham, a meu ver, bem mais a dizer do que eu. Nós os teríamos olhado de cima, mas eles tinham uma língua e não macaqueavam ninguém.

No nosso meio, as pessoas se jactavam de ter trabalhado com os colonos, de ter estudado em seu país. Só faziam imitá-los pateticamente. Não construíam nada. Só faziam de conta. Nossa elite camaronense não passava de um bando de parasitas. Um exército de doentes mentais dispostos a gastar fortunas em viagens e restaurantes, mas pouco propensos a pagar os salários dos criados...

Entre o Quai de l'Oise e a Avenue de Flandre. A quarta parte de uma artéria parisiense. Como muitas de suas congêneres, a Rue de Crimée vai mudando de aspecto à medida que se anda por ela. Nesse trecho, tem um ar duvidoso. Mesmo em pleno dia. É tudo cinzento. Marrom sujo, na melhor das hipóteses. Há prédios insalubres, habitados por batalhões de zairenses clandestinos. *Viradores*, como se diz. Reis do trambique e da malandragem. Têm a pele branqueada, o cabelo descorado, usam roupas variegadas. Requebram ao andar, falam sempre em lingala, onde quer que se encontrem, e o mais alto possível.

Louise ignora, nessa época, que o lingala é uma espécie de crioulo subsaariano. Uma língua compósita, em que *kipe ya yo* significa *meta-se com sua vida*. Ela escuta essa frase, acha melodiosa. Não percebe a possível alteração de *occuper*, cuidar, que dá origem a *kipe*. Caminha levando Bliss pela mão. Interroga-se sobre os motivos que levam uma gente que lhe parece tão orgulhosa da própria cultura a se desnaturar a esse ponto. Pode apenas supor que faça parte das contradições dos colonizados. Um dia, saberá que não perdeu mais do que outros. As regiões subsaarianas são culturalmente híbridas desde que a Europa desabou sobre elas qual sombra a encobrir o céu. Louise é igual a eles. Pode legitimamente reivindicá-los.

Caminha. Diminui o passo em frente a uma padaria que ostenta a inscrição: *Beth din de Paris*. Passarão anos até ela saber que *Beth din*, na França, é uma espécie de tribunal religioso que trata de questões rituais, como conferir se produtos comercializados são mesmo *casher*. Nesse momento, tudo que entende é que na Rue de Crimée, como em todo o país, mundos coexistem sem necessariamente se mesclar. Comunidades se formaram. Cada qual com sua língua. Com seus rituais ancestrais. A França una e indivisível é múltipla. Mesmo em seu próprio território.

Seguem andando, ela e a filha, ao ar fresco da manhã. A mão da menina segura na sua. Ela está falando. Sua língua, segundo se diz na costa natal de Louise, é a língua das almas em processo de reencarnação. Bliss conta sobre sua vida anterior. Enuncia verdades inapreensíveis para o comum das pessoas. Quando começar a falar igual a todo mundo, terá se esquecido de tudo. Então será preciso educá-la. Tentar saber coisas válidas para lhe transmitir. Louise não sabe o que lhe foi transmitido. O que pensaram lhe passar. Os discos de jazz simplesmente estavam ali. À disposição. Os poetas, ela descobriu sozinha. Procura o número 166 da rua. É lá que elas vão.

Cruzam com outras pessoas. Alguns homens usam chapéus pretos. E uns cachos esquisitos balançando nas têmporas, feito serpentina. Uma garota estende a palma da mão para os transeuntes. Pede um ou dois francos. Ninguém liga. Ela passa para a ofensiva. Cola num indivíduo sem nem ver sua idade, sua cor, ou seu rosto. Sussurra com voz rouca: *Cinquenta mangos por um boquete*. O homem se afasta, constrangido. O que o deixa sem graça não é tanto a proposta em si. É o fato de Louise ter ouvido. Tem jeito de saheliano. Fede a colônia barata, floral. É um homem vaidoso.

A prostituta lança a Louise um olhar furibundo, passa na sua frente, toca a campainha do 166. Uma janelinha retangular embutida numa porta enorme que parece ser de aço temperado estala secamente ao se abrir. Um olho observa. Uma mão entreabre o portal. A mulher entra. A janela estala outra vez. Louise tem a impressão de sentir a terra tremer. Mas é só ela. Seu coração. Seu corpo. Que lugar é esse? Crimée. Uma península ucraniana no Mar Negro. Uma guerra. *Dizem que é barra-pesada.* Vontade de dar meia-volta, sair correndo. Pensa no gerente do hotel. Em todos os gerentes de hotel que ainda terá de pagar, de quem sempre terá que se defender. Pensa no desespero que precisa morrer. Ao menos começar a morrer. Se recompõe. Anda alguns passos. Toca. Ela também. Toca a campainha.

A mesma movimentação se repete. O olho observa. Alguém indaga seus motivos. Não ouve sua própria voz explicando que uma assistente social da zona oeste de Paris disse que a estariam aguardando neste local e neste horário. O olho parece achar que não fizeram bem em lhe dizer essas coisas, mas pergunta seu sobrenome. Ela diz. Bliss está quieta como um anjo. Quase solene. O olho as deixa ali plantadas. Um momento. Horas. Depois volta.

O homem veste um uniforme azul. Sua pele é preta, como é, tantas vezes, a pele dos vigias – o preto é a cor do espantalho, senão do pavor.[10] Louise se mostra cordial com esse irmão que ganha a vida do jeito que pode. Ele lhe indica, à direita, uma viela que conduz ao saguão de entrada do CHRS. Um corredor coberto estende o cinza do seu cimento cru. No final, depara-se com um pátio interno cercado de prédios altos. As janelas têm grades. Antes de chegar ao pátio, à direita desse

---

[10] No original: *Le noir est la couleur de l'épouvantail sinon celle de l'épouvante.* Perde-se, na tradução, o jogo entre *épouvantail* e *épouvante*, que não encontra equivalência em *espantalho*/*espanto*. *Espanto*, para o leitor brasileiro, evoca mais a surpresa do que o pavor de *épouvante*. E *espantalho* remete estritamente ao boneco espanta-pássaros, ao passo que *épouvantail* designa, entre outras acepções, tudo que pode, ou serve para, assustar, afugentar, repelir o ser humano – uma assombração, um aviso de "cão feroz", ou até a feiura de alguém... Junto com o trocadilho, perde-se a força da imagem, ácida, que associa o vigia ao espantalho por sua função de rechaçar pessoas inconvenientes – uma tarefa com frequência relegada aos imigrantes de pele preta. (N. T.)

corredor, há outra passagem. Alguns degraus que devem levar a diferentes alas do complexo.

Mulheres estão agrupadas ali, sentadas nos degraus ou em cadeiras de plástico laranja-escuro. São inúmeras. De todas as idades. De todas as raças. Têm todas uma aparência um tanto duvidosa, e Louise também, talvez, já que está ali. Elas fumam. Falam alto. Muitas estão grávidas. Muitas têm filhos. Não lhe fazem uma acolhida das mais calorosas. A maioria nem atenta para ela. Ergue a pequena do chão, ajeita-a no quadril com um arqueio das costas.

É um gesto que ela faz naturalmente. A terra subsaariana possui tudo aquilo que toca. Quer tenha a língua sido transmitida ou não. Louise permanecerá subsaariana, à sua maneira. Deslocada, mal compreendida, mas autêntica. Segue o caminho indicado pelo vigilante. Carrega no ombro esquerdo um grande saco de marinheiro cáqui, último resquício do primeiro amor, da vida em comum. Bliss, para ela, não tem nada a ver com essa história. Bliss é. Simplesmente. Seu genitor não estava lá quando ela veio ao mundo. Só apareceu no dia seguinte. Depois da batalha. Estava escrito. Bliss não terá pai. Então que ao menos tenha uma mãe.

A sala é pequena, amarelada. A bancada lembra um antigo balcão de mercearia. Atrás dela, um homem com um rosto devastado. Ele diz seu nome: Azerwal. Tem cabelo ruivo, encaracolado. Olhos azuis. Sorri para ela. Ela sente que isso lhe exige algum esforço. Está exausto. Num só olhar, Louise apreende a situação. O emprego desse homem não é um servicinho tranquilo. Se ele escolheu – já faz tempo – ser um dos que tomam conta do próximo para a sociedade poder dormir tranquila – para isso se pagam impostos, afinal: para não ter de fazê-lo pessoalmente –, não tinha noção do que o esperava.

Ninguém imagina o quanto alguém que se quer socorrer pode mostrar-se refratário, alheio ao amor. Isso Azerwal aprendeu. Descobriu, também, que não lhe dariam tempo nem condições para levar suas missões a cabo. Apenas migalhas. Ele faz o que pode. Seu salário é minguado. Onde mora? Será que, às vezes, tira férias? Está todo mundo se lixando. Azerwal nunca irá aparecer na tevê. Ninguém quer ouvir sua versão das lendas parisienses. Louise sorri também. Gosta dele. Assim, por nada. Porque o imenso cansaço que repuxa a sua pele não lhe tirou todo o calor humano.

O homem verifica se Bliss e sua mãe estão sendo aguardadas. A jovem vê o sobrenome do pai – seu pai – ao lado de outros, nas colunas de um livro de registro preto. Parece um caderno de finanças grande. A lista das mulheres que vão passar por aqui. Que foram tiradas da rua, por uma semana que seja. Azerwal pede que ela o acompanhe, solicita a uma colega que assuma seu lugar no balcão. Chama-se Thomassine, aproxima-se devagar. Seus dreadlocks fustigam cadenciadamente o seu rosto. Sua pele é pálida. É uma quadrarona, ou oitavona.[11] Quer dizer, uma negra igual às outras. Louise acha que Thomassine possui antepassados asiáticos ocultos sob os traços europeus e subsaarianos. Suntuoso amálgama. Implacável beleza. Ela também está cansada. Algo em seus olhos sugere que se trata com maconha. Talvez não durante o serviço, mas ela deve fazer pausas. Exilar-se em outro mundo de vez em quando.

Louise acompanha Azerwal. Bliss, adormecida, pesa em seu quadril. Ela precisa morder a mãe sempre que sente seu cheiro. Cerrou os olhos sugando o lobo da sua orelha. A jovem se instala numa cadeira. Entre ela e Azerwal, uma mesa com um pé que não encosta no chão. Fica balançando. Ela responde às perguntas. Ele anota. Não, não sabe onde está o pai da criança. Sim, está aguardando a carteira de residente. Sim, solicitou uma vaga numa casa materno-infantil. Não, não tem família que possa hospedá-la. Não tem família aqui... Sim, a pequena é francesa. Possui um certificado de nacionalidade. Certo, vai levá-la amanhã mesmo ao centro de PMI[12] que fica a dois passos dali. Sim, em seguida irá ver a senhora P., a assistente social do Centro.

Enquanto isso, as mulheres de Crimée sobem e descem por uma vasta escadaria. Versão esculhambada de uma revista de music hall. *Inner city mamas*. Aqui também é *united colors*, mas não como na rua comercial do bairro burguês. Aqui, não se consome. Paga-se. E dá para ver. Os sorrisos perderam

---

[11] Quadrarão, quadrarona: quem tem um avô ou avó negro/a (um quarto de ascendência negra). Oitavão, oitavona: quem tem um bisavô ou bisavó negro/a (um oitavo de ascendência negra). (N. E.)

[12] Protection maternelle et infantile [Proteção materno-infantil]. (N. A.) Serviço responsável pelo acompanhamento médico-social das gestantes e das crianças até os seis anos. (N. T.)

alguns dentes. As vozes são roucas, rachadas. Louise ouve uns versos na sua cabeça. Está com o nome do poeta na ponta da língua. Não consegue lembrar. Tem vontade de chorar. Medo de esquecer quem ela é. Recita mentalmente, para ver se recorda o nome do autor:

Acomodo-me o melhor que posso com esse avatar
De uma versão do paraíso absurdamente fracassada...[13]

[13] *Je m'accommode de mon mieux de cet avatar / d'une version du paradis absurdement ratée.* Os versos são de Aimé Césaire, "Calendrier lagunaire", in *Moi, laminaire* (1982). (N. T.)

Enxaqueca. A noite já passa da metade. Como dormir nesse lugar? Doze minúsculos metros quadrados. Uma porta. Camas de beliche para as adultas. Um armário coletivo sem chave. Duas janelas gradeadas. Duas camas de criança, também ocupadas. No corredor, garotas julgam sussurrar, mas dá para ouvir tudo o que dizem. Estão desancando outra pelas costas e tramando assassiná-la por um par de jeans. Irrompe um grito. Se extingue quase em seguida. Alguém chora no pátio para onde dão as janelas. A noite é um sudário umbroso, movente, impregnado de estigmas. Estigmas de todas que são acolhidas aqui. De todas que patinham nos torvelinhos do Mar Negro. Alguma coisa se deve ter feito, não é mesmo, para vir parar em Crimée. Não é uma prisão. Mas não se tem liberdade. É como um purgatório.

Ela não falou com ninguém desde que chegou de manhã, mas seus ouvidos perambularam atentos. Algumas mulheres estão aqui há meses. Outras ficaram apenas uns dias antes de serem devolvidas à sua inutilidade. Levando no bolso o suficiente para uma ou duas diárias de hotel. Estrangeiras inexpulsáveis por conta de filhos franceses, porém não autorizadas a residir, voltaram para de onde tinham vindo. Para o esquartejadouro das errâncias urbanas. Como dormir? A noite tem rangidos, zumbidos, ruídos de tubulação humana. O corpo cavernoso das companheiras impostas. Todos os sons são partilhados. Ofertados às que ainda são tolas o bastante para achar que a privacidade é um direito. Que a miséria não é um vício.

Bliss abre os olhos. Sua mãe sabia que ela não passaria a noite nessa cama gradeada. Está habituada demais à sua pele. A mãe acorre antes que a filha chore. Na penumbra, um brilho avermelhado. Uma mulher fumando. De quando em quando, joga a cinza nos ladrilhos do piso de linóleo. Com um piparote no filtro. Adivinha-se o gesto pelo modo peculiar com que a cinza cai no chão. Louise não busca saber mais. Sua intuição lhe sugere o recolhimento. Precisa esperar. Uma noite, uma manhã. Criar um universo a partir daí.

Tudo isso era, no fundo, extremamente previsível. Lembra-se da criança que foi. Que começou a detestar sua vida aos sete anos de idade. Que não quis mais outra coisa senão crescer. Ir embora. Fazer música. Cantar, principalmente. Sentir o corpo inteiro vibrar, penetrado pelo canto. Correr o mundo. Tocar os corações. Falar todas as línguas graças à música. Era esse o seu sonho inconfesso. Adolescente, quando lhe perguntavam, falava em jornalismo. Fazia tempo que escrevia, com certa fluência. Então, podia ser. Por que não, contanto que batesse as asas de uma vez por todas... Tornar-se, talvez, a primeira mulher camaronense a fazer grandes reportagens. Partir. Rumo à imensidão. Desertos de plenitude. Oceanos de liberdade. Não ter um status a preservar. Escolher sua própria identidade.

A jovem Louise sonhava a si mesma como uma mística amazona. Meio sacerdotisa, meio guerreira. Queria adquirir força e sabedoria. Perigos da imaginação. Onde é que estavam os meios para cumprir suas ambições? O país de seus pais não era amigo dos livres-pensadores. Louise era prometeana. Faria, inevitavelmente, escolhas difíceis. E isso iria lhe custar caro.

Dera as costas, resolutamente, aos garotos ditos de *boa família*. Aqueles cujos pais se conheciam e frequentavam. Quanto a isso, não tinha arrependimentos. Mas, e aquele para quem seu coração a impelira, onde estava? Aquele por quem a jovem adulta deixara a residência universitária, onde a Embaixada dos

Camarões a tinha alojado. Aquele que não dissera, quando fora ficar com ele, que morava numa quitinete bancada pela mãe. Ainda que só parcialmente. Se tivesse sabido. Tarde demais. Tinha acabado. A mãe, a essas horas, devia estar lhe preparando deliciosos quitutes. Comemorando sua vitória sobre as forças do mal que haviam, por um tempo, prendido seu menino a Louise.

O certo é que ele não devia estar no hotel. Precisava que tomassem conta dele. Os homens sempre encontram alguém para fazer isso. Uma mãe. Uma mulher. Ele acordava e ia dormir sem saber nada sobre Bliss. Sem tentar encontrá-la. Não ia lutar por ela. Não ia ligar para a colega de faculdade que a tinha ajudado. Embora fosse fácil, com um pouco de tino, imaginar que Louise tinha recorrido a ela. Já havia sugerido que o fizessem, pouco antes do parto. Ele recusara.

Há uma enérgica seção rítmica fazendo uma *jam* na sua cabeça. Arrebentando seus neurônios. O bebê da fumante tem um acesso de tosse. A mãe esmaga no chão um enésimo cigarro, apanha seu rebento como quem pega um frango assado para viagem. Saem os dois. Voltam. Tornam a sair. As outras acordam. Essa gente bonita vai se pôr a prosear. Civilizadamente. Aqui é o derradeiro entulho da civilização. As pessoas não dormem. Se arrependem. Se aferram às suas posições. Seja como for, pagam o preço.

Louise mal acabou de pregar o olho. Há uma forte batida na porta. Azerwal está gritando no corredor. Hora de levantar. Ele ontem lhe explicou, entre outras coisas. O café da manhã não é servido depois das oito e meia. É proibido o acesso aos quartos entre nove e onze horas.

– Por causa da faxina. É um prédio grande.

Louise perguntou para onde iam as mulheres.

– Vão para onde podem, para onde precisam. Depende. Aqui cada qual tem sua história. Umas têm trâmites para efetuar, outras têm que trabalhar… Algumas nunca chegam antes do toque de recolher. Assim conseguem esquecer que estão alojadas aqui.

Ela repetiu:

– Toque de recolher?

– Vinte e três horas, o mais tardar, sob o risco de passar a noite ao relento – ele explicara.

São sete horas. As demais ocupantes do quarto não se moveram um milímetro. A fumante está roncando. A velha que dorme acima dela envia, desde as partes remotas de sua pessoa, sua contribuição para o efeito estufa. A que ocupa o leito sobre o de Louise está falando em seu sono.

– Apesar de tudo que fizeram e disseram contra mim, filhas de Sheitan,[14] eu ainda estou aqui. Apesar de suas litanias malignas, de seus feitiços lançados... ainda estou aqui. Vocês é que irão perecer na geena. Enquanto eu, há muito tempo, estou livre de todo mal.

Tal é sua incessante ladainha. É uma moça magrebina muito bonita. Bem cuidada. Um pouco sofisticada, até. Que voos terá tentado que a deixaram, arriada, nessa masmorra das solidões? Quem a visse na rua jamais diria que não tem onde morar. Este é o requisito para vir para Crimée: não ter *amor nem moradia*, como diz a canção.[15]

Louise e Bliss têm hora marcada com a senhora P. às nove e meia. Levanta prontamente da cama. Menina no quadril, sacola no ombro. Sua fé no ser humano não é tanta que a faça deixar suas coisas no quarto. São mais as coisas de Bliss, aliás. Essa espelunca fica aberta a qualquer um. O armário coletivo não fecha. Decerto porque temem favorecer o tráfico, a receptação.

---

[14] Satã, diabo, em árabe. (N. T.)

[15] Referência a "Est-ce ainsi que les hommes vivent" (1961), canção composta por Léo Ferré a partir do poema de Louis Aragon, "Bierstube Magie allemande", in *Le Roman inachevé* (1956). (N. T.)

Temem a introdução de substâncias ilícitas. Álcool. Entorpecentes. Só são autorizados produtos com prescrição médica. E os doutores traficam. Soníferos. Antidepressivos. Analgésicos. Todo um arsenal de drogas legais. Muletas para as estropiadas da vida. De qualquer forma, as pessoas se picam, mesmo lá fora. O *doping* é um esporte nacional. Viver não é fácil.

O banheiro está vazio. Louise se pergunta como fazer. Com a menina e com a sacola. O café da manhã é até as oito e meia. Ela está com fome. No dia anterior não conseguiu comer nada. Nem no almoço nem na janta. Ficou apenas olhando. Observando ao seu redor. Tentando entender os mecanismos, sobretudo os mentais. Entender os rituais. As estratégias de posicionamento. Quem era quem. Percebeu de imediato. As categorias. As panelinhas. O nivelamento das coisas. Bastou um breve lapso de tempo para sentir o peso do sofrimento amontoado ali. Compreendeu rapidamente que teria de se proteger o mais possível. Não criar laços. Contar só consigo mesma.

Enche uma banheirinha de plástico azul para dar banho em Bliss. Ela mesma, hoje, só terá direito a breves abluções. A partir de amanhã, vai levantar mais cedo. Louise quer manter referenciais, uma disciplina. Não se habituar ao desasseio. Negar-se a se conformar com o pior. Pensar que merece mais. Que terá mais. Tudo isso não passa de um mau momento.

Entra uma garota, se tranca numa cabine de chuveiro sem dar-se ao trabalho de apagar o cigarro. Se todas fizerem isso, o local, que parece ter sido renovado, não demora estará afinado com a situação das mulheres albergadas. É bonita, a garota. É a mesma que estava, tão atrevidamente, pedindo esmola na rua. Cabelo castanho curto. Olhar cortante. Chama-se Maya, e pica, com certeza. Não é uma abelhinha fofinha. É uma lâmina. Uma labareda. Um incêndio, até.

Até onde Louise sabe, Maya é uma das mais antigas ali. De pouca conversa. Angulosa e franzina. O corpo inteiro em alerta. Qual bicho acuado por demasiados predadores. Que idade deve ter? Uns vinte anos, não mais. No papel. Concretamente, tem experiência. Louise ia gostar de apresentá-la para sua mãe, que tanto lamentava tê-la posto no mundo:

– Que mal eu fiz a Deus para ele mandar você para mim?

– Você queria um filho.

– Não um assim como você.

Louise pensa na mãe. Não é um momento feliz. Elas nunca souberam conversar. Passaram ao largo uma da outra. Por isso ela não queria ter filhos. É difícil se imaginar como mãe quando a sua própria tanto lhe fez falta. Maya, no chuveiro, conversa consigo mesma. Ela também deve ter uma mãe.

Na escada que leva ao saguão, várias mulheres estão de roupa de dormir. É como se estivessem instaladas ali. Como se morassem em Crimée desde sempre. Não parecem fazer disso um drama. Dureza é o que elas conhecem desde o primeiro dia. Louise caminha ao lado delas sem fitá-las. É preciso atravessar o pátio para chegar ao refeitório. As refeições são servidas numa sala de subsolo. Uma escadinha de pedra conduz até ela. Que aspecto tem…

Uma espécie de galinheiro gigante. Com lajotas no piso. Grades nas janelas situadas bem no alto das paredes, como se tivessem lembrado, no último minuto, que os sem-teto, decerto, também respiravam. Mesas compridas. Assentos de um lado e de outro. Algumas cadeiras de bebê para os pequeninos. São muito poucas. Briga-se por elas.

A um canto, máquinas de bebidas quentes. Para se servir há que ter uma ficha, fornecida com os demais componentes do café da manhã: pastelarias, pão, geleia, manteiga em pequenas porções. Estamos na França. Direitos Humanos e benefícios sociais são ponto pacífico. As passageiras têm direito a três refeições gratuitas mais um lanche à tarde. *The living is easy*.

Bliss recusa o leite do refeitório. Um pó duvidoso e sem gosto que, misturado com água quente, lembra o líquido de enxágue de uma louça cheia de calcário. Louise acha que, agora que a filha completou onze meses, é hora de desmamá-la. A estada em Crimée lhe dá essa oportunidade. A pequena aceita os biscoitos. Por hoje está bem. Sentada em seu colo – dada a escassez de cadeirinhas –, Bliss bate as mãos. Tenta tocar todo mundo que passa entre as duas compridas fileiras de mesas.

Uma mulher de baixa estatura vem ter com elas. Morena e bigoduda, força os lábios num sorriso que sai atravessado, igual careta. Seu olhar, que já viu muito, examina. Ela informa que existe uma creche nas dependências do Centro. De modo que as mães podem se ausentar, efetuar seus trâmites sem preocupação com seus filhos. Louise pode, inclusive, deixar a menina com ela mesmo que não precise sair do Centro. Para descansar. Cuidar um pouco de si mesma. A mulher se apresenta. Onde estava com a cabeça?

– Senhora A. Diretora da creche.

– Vou pensar na sua proposta. Muito obrigada.

Louise sorri. Atravessado, também, olhando bem nos olhos da senhora A. Crianças correm pelo refeitório. Gritam. Esbarram em tudo ao passar. É impossível saber quem são suas mães. Estão todas absortas na comida. Comer é muito importante. Cai uma bandeja. Café, compota, se esparramam no chão.

A senhora A. se despede com palavras pouco marcantes. Com um ar de carcereira fazendo a ronda, circula pela sala de jantar. Mãos nos bolsos. Olhar inquisidor. Usa sandálias e meias grossas. Uma calça cargo cáqui e uma camiseta que se pode chamar de bege. Ao passar a porta, cruza os braços nas costas. Seu olhar de tira registrou cada mínimo movimento. Os fatos estão repertoriados. Cuidadosamente guardados na memória. Negligência. Maus tratos. Eventuais distúrbios do comportamento alimentar. Está tudo anotado. A senhora A.

é mais adepta dos direitos da criança que dos deveres dos pais. Pode parecer que é a mesma coisa. Não é. Se só existissem as crianças, se elas brotassem espontaneamente na natureza, isso lhe conviria. Teriam somente a ela. Louise não confia nessa mulher. Quem gosta de crianças raspa o bigode. E não usa meias grossas em pleno verão. A senhora A. só pode ser uma psicopata. Eles sempre sabem onde operar.

Louise, enquanto come, observa ao seu redor. Há uma maioria de não brancas. Uma maioria de mulheres que não irão entender a linguagem da senhora A. Ultrapassadas por um mundo que muda depressa demais. Mal colocadas numa sociedade seccionada. Apontadas com o dedo por um sistema que se negou a acolhê-las plenamente. São seus rebentos que estão ali, correndo por todo lado. Elas já largaram de mão. Educar não é mais da sua alçada. Estão numa França subterrânea de onde escutam o rumor do país que pensavam encontrar: aquele em que se tornariam pessoas modernas, desenvolvidas.

Elas vêm do antigo império colonial, tão grande que nele o sol nunca se punha. Territórios outrora ocupados nos quais se injetou no sangue dos povos que ser francês era melhor que tudo. Não se mediram esforços para que os subsaarianos sonhassem com a França. Hoje acusam-nos de terem obedecido demais. De não terem sabido dizer basta. De quererem viver sua fantasia. Pouco importa. Aqui estão elas. Cada uma guarda em si a ideia que tem da França. Para algumas, um café da manhã e um alojamento gratuito vêm confirmar essa visão.

Muitas dessas moças não passam de meninas selvagens. Flores de asfalto.[16] Ervas inúteis brotadas no concreto. São agressivas, possuem apenas sistemas de defesa. Uma fúria que não sabem de onde vem nem para onde vai. São as primeiras a ser arrastadas por suas torrentes. Os mais velhos, perdidos no

---

[16] No original: *fleurs de pavé*, que também significa "prostituta de rua". (N. T.)

esquartejamento identitário, na obsessão por um retorno ao país natal que nunca haverá, não lhes são de nenhuma ajuda. E os mais velhos são também a coletividade que nunca atentou para a mixidade, limitando-se a estratificar as diferenças. Asiáticos no 13º Arrondissement. Árabes no 18º. Descolados no 11º. Gays no 3º... Grosso modo. Há alguma porosidade, mas bem pouca. Pelo menos assim dá para manter o olho em todos. Este país gosta de fichas. De vigilância. De escutas. Gosta ensandecidamente.

As jovens sentadas à mesa de Louise são rastafáris do Magrebe, negras americanas *made in* Ménilmontant.[17] Nunca se dizem francesas. Para elas, como para os eleitores do Front National,[18] ser francês é ser branco. A escola dos brancos, a escola da República, ainda não viu necessidade de explicar a presença delas nesse solo, de vinculá-las à história desse país. Escravidão e colonização não podem ser ditas. O país não crê que um pecado confessado possa ser perdoado. Nem meio perdoado. O país gosta de igualdade e fraternidade só no papel.

Será preciso, contudo, legitimar os bastardos. Eles são legião. Não irão tolerar para sempre essa negação. Não vão ficar quietinhos nos conjuntos habitacionais em que seus pais a confinaram. Não vão se integrar tranquila e ordeiramente sem dizer o que têm para dizer: que estão sofrendo, que já é tempo. RMI e cartão Paris santé[19] não serão suficientes para eles.

Em outra mesa, mulheres subsaarianas. Falam alto. Todas as línguas conhecidas ao sul do Saara, ou quase. Têm filhos no colo, ao seu redor, em toda parte. Meninas espantosamente

---

[17] Bairro popular parisiense situado no 20º Arrondissement. (N. T.)

[18] Frente Nacional, partido de extrema direita, hoje Rassemblement National (Reunião Nacional). (N. T.)

[19] Cartão Paris saúde. Criado em 1989 pela Prefeitura de Paris, dava acesso aos mais carentes, notadamente os beneficiários da Renda Mínima de Inserção (RMI), a todos os serviços de saúde, inclusive dentária, e medicamentos. (N. T.)

mal penteadas, trançadas com extensões, como se suas mães ainda estivessem aprendendo a lidar com seus cabelos crespos. Os pequenos choram. Recebem rugidos em resposta. Essas mulheres não estão em casa. Não escolheram vir para cá. Vieram acompanhando um marido, e alguma coisa deu errado. Aceitam que esse país lhes reserve mais rudeza que a outras. É natural. Elas são gordas. Coloridas. Concebidas para mil outras coisas que não para a reivindicação.

Estão falando da A. S., da assistente social que as mandou voltar para um marido violento. Também trocam macetes de sobrevivência. Dicas quentes de sublocação. De empregos clandestinos com pagamento quase certo. Suas vidas na batalha. Nos esgotos da civilização. Seus filhos ouvem como elas se calam. Veem como elas andam rente às paredes. E se recusam a viver assim. É pesado demais. Não vale a pena. Especialmente nesse novo mundo em que o suor dos pais não vai impedir que se derrame o sangue dos filhos. O elevador social trava. Há empurra-empurra em todos os andares.

Uma das mulheres diz que está em Crimée para se ressarcir da dívida colonial. Para se aproveitar da França como esta se aproveitou do Continente. Abusar dela como ela abusou dos países subsaarianos. Essa mulher chegou com uma mentira bem amarrada. Arrancar uns francos da assistente social, pela glória dos pais decaídos. Tramoia para memória. Trapaça do talião. O amor ao próximo, nessas paragens, é um exercício de perspicácia. Como saber, com absoluta certeza, quem está mentindo? Como reconhecer, sem sombra de engano, as diferentes faces do sofrimento?

Essa que julga estar burlando a República, dando uma banana para os colonos, é uma vitimada da História. Uma derrotada do pós-colônia. Não tem um projeto para o seu povo. Nem acha, no fundo, que isso valha a pena. Sua vida não é melhor que a das outras. Seu horizonte é tão trancado quanto o delas. Estas mal a criticam. Apenas murmuram que ela não devia dizer essas coisas em voz alta. Alguém pode denunciá-la. Se um dia realmente vier a precisar, não vão lhe dar ajuda. Elas riem, mas nos seus olhos já se extinguiram todas as luzes.

Bem próximo de Louise, uma garota mastiga como se sua vida dependesse disso. Fatias de pão pingando geleia de damasco. Seu cabelo louro e ralo pende o melhor que pode de um lado e outro de um rosto esquálido. Vestida com um tailleur preto perfeitamente ajustado, está com a mão descarnada sobre uma pasta vermelha bastante volumosa. Ela mastiga. Chega-se a temer pelos seus dentes. Deglute, emite feios ruídos. Um pouco como uma pia entupida cuspindo água estagnada. Seu corpo está em sintonia com a época: é inexistente. Poderia passar por trás de um cartaz sem desgrudá-lo. Louise acha que ela induz o vômito.

Na frente da devoradora, uma mulher de certa idade. Uma loura tão descolorida que seu cabelo é todo evanescente. Da sua regata cor-de-rosa transbordam carnes fartadas do tanto que viveram, implorando que se ponha um termo às suas aventuras. Mas aí é que está: a coroa não está disposta a lhes conceder essa trégua. Lábios escarlates. Pálpebras pintadas de azul. Segura a xícara com um gesto pretensamente elegante. Dedo mindinho apontando para uma vaga direção. Rispidamente, lança para a outra:

– Coma devagar, o pão não vai fugir.

– Não enche, mãe.

Sim. Todas as passageiras de Crimée têm mãe.

Já chega por hoje. Louise não quer saber mais sobre essas duas. O refeitório está começando a lotar. Vai ficar insuportável. Leva embora uma Bliss entupida de brioche e suco de fruta. A senhora P. deve atendê-la daqui a pouco. Pergunta-se que tipo de pessoa ela é. Do tipo que não concebe que uma emergência possa durar mais que uma semana? Súbito, é tomada por um medo pânico. Vá que a jovem libertária do 15º Arrondissement estivesse zoando? Vá que tenha mentido só para se livrar? Vá que não dê respaldo ao seu pedido? Que não possa mais contar com ela? Louise queria parar de pensar. Parar de se perguntar.

Ninguém conhece esses lugares. Às vezes, quando chegam os frios intensos, os abrigos de acolhimento para pessoas sem-teto são mencionados no jornal da noite. Ninguém sabe realmente que cara eles têm. Como é viver ali. Onde passam as noites as ex-condenadas que saem da prisão sem amigos, sem família, sem tostão. Onde dormem essas que vendem jornais de rua[20] nas calçadas. As toxicômanas grávidas, largadas por quem as tinha atraído para os caminhos da liberdade, para longe de uma ruralidade insossa ou de um conforto tedioso. As mulheres espancadas que, certa noite, se enchem de coragem. As moças nascidas de famílias imigrantes que se rebelam contra as tradições de um país que desconhecem e fogem antes de, abandonadas, serem mandadas para lá.[21] Todas as que têm arestas demais, um gênio saliente demais. As temperamentais.

---

[20] No original: *presse de rue*. Jornais ou revistas focados na realidade dos moradores de rua que têm por objetivo estimular o debate sobre o tema da exclusão. Produzidos por associações sem fins lucrativos, são vendidos pelos próprios sem-teto que, desta forma, participam do processo e se beneficiam dos lucros. (N. T.)

[21] Não é incomum, entre famílias de imigrantes, sobretudo as oriundas do meio rural, que filhas "rebeldes" sejam enviadas ao país natal de seus pais, aos cuidados de parentes que tratarão de amoldá-las aos valores e tradições de sua cultura de origem. (N. T.)

As sonhadoras. As depressivas. As doidas e as desnorteadas. Essas vão para Crimée.

A maioria retorna regularmente para trás desses muros altos. Porque a vida não se ajeita. Porque o aquém imprime tão fortemente sua marca que já não sabem viver dentro das normas. Porque depois que passam por aqui percebem bem demais o que há por baixo dos panos. O Sistema já não pode enganá-las.

O tratamento dado às questões sociais, o destino reservado à marginalidade são coisas que permitem apreender a mentalidade de um povo. Aqui não é como na nossa terra. Aqui a miséria é ocultada por trás de portas metálicas com janelinhas. Relegada à periferia das cidades. Eles pelo menos pensaram em fazer alguma coisa, dirá você. Eles têm muretas de proteção. Redes de segurança. É possível sair dessa. Verdade. Eu estou aqui. Talvez façam alguma coisa por mim. Vão tentar. Então, por que não consigo deixar de culpá-los?

Detesto que tenham mentido para nós. Que tenham se apresentado como se fossem os melhores. Detesto que nos deem lições. Nesse país, nem todos são refinados. Nem todos são letrados. Nem todos falam francês. Nem todos são livres e iguais. Nem todos são vistos como irmãos.

Detesto que tenhamos sido fracos. Que nos tenhamos deixado subjugar a ponto de não acreditarmos mais em nós mesmos. Eles não são assim tão grandes para lhes termos entregado de mão beijada um pedaço da nossa alma. Eles nem sequer fazem ideia do que nos tiraram.

Viver aqui me ensina diariamente o que é subdesenvolvimento. Atrofia da massa cinzenta.

Ignorância. Penso nos meus colegas de faculdade, nas perguntas estúpidas que me faziam. Por que é que eu falava tão bem sua língua. Achavam que eram seus donos, mesmo depois de seus antepassados a difundirem em nossos países a cacetadas. Como é que eu tinha vindo para cá. Como se pudesse ter feito a viagem a nado.

Por muito tempo os fiz acreditar que morávamos numa árvore. Em Duala, capital econômica de Camarões. Parecia-lhes plausível. Só perceberam a brincadeira no dia em que acrescentei: *E justo em frente ficava a árvore do consulado francês.* Era o ano de 1991. A África, para eles, era só mato.

Faz duas semanas que Louise e Bliss estão em Crimée. A jovem tece sua espera isolada das demais passageiras. Não imaginava que as escórias fossem tão numerosas. As pedras no sapato. Custa a crer que é uma delas. Isso não estava nos planos. Virar um dejeto. Conhece as regras do CHRS. Os rostos. Os nomes. Observa-as viver. Afora sua colega de faculdade, ninguém sabe onde ela está. Sua amiga não virá visitá-la. Não a culpa por isso. A outra fez tudo o que podia. Louise não espera nada além. Agora cabe a ela nadar no Mar Negro. Não soçobrar em suas águas geladas.

A vida de antes vai aos poucos se apagando. Só o que existe é o presente, como um círculo que, sem cessar, precisa impedir que se feche. Para isso, precisa olhar para o futuro. Acreditar. Bliss é sua única família. Louise não pensa mais no seu pai, que tornou a casar e deseja não ser perturbado em sua felicidade. Recebeu um cartão informando que as bodas tinham sido celebradas na intimidade, em algum lugar da Picardia. É lá que ele vive agora. Não pensa mais na sua mãe, que permaneceu em Camarões e cujo salário acabou de ser reduzido a um terço. Devido à desvalorização do franco CFA, pelo menos é esse o argumento do Estado empregador. A mãe de Louise já tem penado para conseguir pagar as contas. Não precisa que, por cima, se acrescente a vergonha. O que as pessoas iriam dizer se a filha voltasse com uma criança no colo.

A jovem ainda não percebe as semelhanças, embora gritantes, entre sua trajetória e a da mãe. Escolheram, uma e outra, o homem errado para amar. São ambas oprimidas pela luta da sobrevivência, pela dor de não poderem dar tudo para as filhas. Louise não imagina sua mãe chorando, à noite, quando chega em casa exausta do trabalho e pensa em sua menina. Em seu bebê. Elas nunca souberam conversar. Um dia, talvez, saberão se compreender. Se o dia ainda raiar. Se a aurora vier dar morte ao desespero.

Essa sala é o seu universo. Não entende por que, mas não consegue sair do Centro. Exceto para os trâmites burocráticos: PMI, CAF[22]... Limita-se a ficar ali sentada. A esperar. Como se tudo lhe fosse proibido. O ar. A luz do dia. Paris está ali, atrás dos muros altos do CHRS. A Cidade Luz. Ela não sai. Só o que se permite é esse lugar, situado no primeiro piso do bloco principal. As pessoas o chamam de *sala de estar*. É amplo. Tem uma janela com vista para a rua. Não dá para ver muito, por causa das grades. Somente o prédio em frente. Há um televisor de primeira geração fixado na parede. Lá no alto. Não tem controle remoto. A primeira a chegar escolhe o programa. Em princípio.

Bliss gosta de brincar ali. Tem espaço à vontade. Tão vasto, para ela, quanto um campo de futebol. Mal cruza a porta, começa uma partida contra si mesma. Testa os próprios limites, não tem consciência de os ter. Há algumas cadeiras alinhadas junto a uma parede que tem uma imensa vidraça embutida. Do outro lado do vidro, um cômodo. Um antigo quarto que costumava acolher as doentes, as parturientes necessitadas de sossego. Hoje faz as vezes de sala de estar. Há também um banheiro em perfeitas condições. Mais seguro e confortável que os chuveiros coletivos. É ali que Louise e Bliss têm vindo tomar banho. Chegam bem cedo para não serem incomodadas. A pequena se movimenta à vontade enquanto a mãe se lava. Esta, em seguida, lhe dá banho. Há uma bacia limpa. Ninguém ainda a surrupiou.

---

[22] Caisse d'allocations familiales: Fundo de auxílio familiar. (N. T.)

Atrás da vidraça, um grupo de mulheres subsaarianas. Do oeste, do centro. Falam alto. Com profusão de interjeições, onomatopeias, bateções de palmas. Louise não está mais habituada. Acha-as barulhentas. Estão fazendo tranças com extensões sintéticas para simular compridas cabeleiras. Essa prática escasseia o cabelo em alguns pontos. As extensões forçam demais as raízes. As crianças estão por ali. Correndo. Brincando. São muitas. As mães também. Isso cria uma impressão de bagunça. Durante a sessão de tranças, parecem tão alegres e relaxadas como se estivessem num pátio, lá, no Continente. Estão no seu mundo. Nada pode atingi-las.

Louise, de onde está sentada, pode ouvi-las perfeitamente. Escuta a conversa sem dar a perceber, sem se juntar a elas. Pode ver em seus olhos, quando se cruzam aqui e ali, que elas não entendem essa distância. Sabem que ela é do Continente. Se fosse antilhana, não estranhariam. Não vai dizer a essas mulheres que a África, para ela, se transformou numa chaga. Quanto mais pensa, mais sente que lá não há espaço para ela. Louise acha que é tarde demais. Que é um absurdo ter de se integrar em seu próprio país. É uma sem-território. O Continente, pensa ela, não carece de gente educada em francês. Mais tarde, ela saberá. Por ora, está cansada. Não aguenta mais essa vida.

Essas mulheres são uma parte dela mesma. Uma ferida lambida durante toda a adolescência, quando só lia autores caribenhos e afro-americanos para resgatar o mundo de que seus pais a tinham privado. Com sua biblioteca repleta de Shakespeare, Oscar Wilde, Racine, Lautréamont. Mulheres que dão risada degustando chips de banana não podem compreendê-la. Possuem isso que a ela não foi dado. Que deveria lhe ter sido transmitido. O ancoramento. Louise ainda oscila. Vive na fronteira, nem de um lado, nem de outro. Num espaço sem nome, sem realidade física. Aos poucos, começa a odiar os conceitos de pátria, de nação.

Entra uma garota na *sala de estar*. Durante o dia, é um lugar de passagem. À noite, uma lata de sardinhas. Todo mundo vem ali. É gente entrando, saindo, não raro sem dizer palavra. Mal murmuram que desejam mudar de canal. As mais tinhosas dispensam essa polidez. Às vezes, quando apertam o botão para escolher um programa a que não assistem até o final, o que estão querendo é briga. Um belo de um arranca-rabo. Louise frustra regularmente suas expectativas. Não fala nada. O que quer que aconteça.

No fundo, não liga a mínima para o que passa na tevê. Vem aqui para não ficar no quarto coletivo saturado das emanações corporais das outras. Especialmente da velha e da fumante, que voltam para a cama assim que termina a faxina. Vem aqui para que Bliss possa brincar. Ser uma menininha leve e solta. É aqui que ela as vê. Todas. As mulheres de Crimée. É aqui que, às vezes, elas lhe contam sobre suas vidas.

Louise não é amiga de ninguém. Nem inimiga. Não pertence a nenhuma panelinha. Nunca faz perguntas. Olha nos olhos. Assente com a cabeça ao mesmo tempo que fala com Bliss, que está arriscando a vida tentando trepar onde quer que lhe pareça possível. Acha que, de todo modo, as mulheres de Crimée vão se esquecer dela assim que saírem desses muros. Se ela lembrar, se lhe for impossível virar a página, problema seu.

As mulheres de Crimée são passageiras. É assim que a administração as denomina. Passageiras embarcadas num estranho cruzeiro, de duração indefinida e desfecho incerto. Elas passam.

Não buscam uma autêntica conexão. Só algo que se assemelhe. Um sucedâneo de relação. Uma amizade de faz de conta.

Falar não necessariamente as alivia, aliás. Tentam, não raro, valorizar-se aos próprios olhos. Mostrar que têm, ou tiveram, uma vida. Lá fora. Uma vida. E dinheiro. E homens. E felicidade. Sem saber, ensinam a Louise, melhor do que o faria sua própria experiência, a verdadeira natureza da exclusão. Solidão. Abandono. Violência. Amores descabidos...

Muitas dessas mulheres, dessas garotas, estão ali devido a uma busca de amor que acabou mal. Sonharam viver uma paixão. Com qualquer um. Com quem parecia desejá-las. Outras só descuidaram de pensar no futuro. O presente era um barato. A vida, uma festa. O amanhã estava longe. Precisavam revolucionar sexualmente. Conhecer o Tibete. Até vir a ressaca que converte romance e boemia em besteira. Já com certa idade, digam o que disserem, e sem trabalho, sem filhos, sem homem, sem salvação, sem perspectiva, sem mais energia para a aventura. *No satisfaction*.

É o caso dela. Beleza estonteante, de entortar o pescoço de um padre. Senta-se. Após um breve cumprimento, puxa um cigarro. Chama-se Véronique, já contou sua história para Louise, ao seu modo elegante e discreto, sem grandes detalhes. É antilhana. Alta, esguia, porte de princesa. Gestos amplos, graciosos. Sua voz é grave, com inflexões suaves. Seu sorriso capturou toda a luz do mundo. Em geral, conversa sobre tudo e nada. Às vezes, lê um livro, ou faz um pouco de crochê, sentada numa cadeira ao lado de Louise. Hoje, estende-lhe um envelope de papel kraft.

– São as fotos de que lhe falei.

Louise se lembra do dia em que Véronique evocou o seu passado. A existência em que estava sempre em movimento. Não imóvel, como em Crimée. Era bailarina. Manequim, às vezes, mas sobretudo bailarina. Borboleta negra a voar de um continente para outro, ao sabor dos espetáculos. Não tinha, então, qualquer preocupação com o amanhã.

Véronique não dá justificativas, embora as tenha. Diz que é tudo culpa sua. Que deveria ter feito isso e aquilo. Que passou da idade de voltar para a casa da mãe. Lá, nas ilhas, onde se faz um manjar-branco delicioso e molhos de fruta-pão absolutamente incríveis. Sua mãe não gosta dela. Faz vinte anos que não se falam. Desde que Véronique saiu de casa. Ela tem dois irmãos em Paris. Um pouco mais novos. Casados. Não se falam mais. Como muitas mulheres de Crimée, Véronique é a anomalia da família. A intrusa. Nenhum dos seus parentes sabe, portanto, que um tombo sério interrompeu sua carreira de bailarina. Ela manca um pouco, sofre da coluna.

Louise pega o envelope. Tira as fotos, olha. Véronique de collant e meia-calça pretos, um boá branco jogado sobre os ombros. Véronique de vestido de verão, com um chapéu de abas largas. Véronique a cavalo. Sentada na areia. Deitada numa rede. Feliz, mas já sozinha. Sempre sozinha, nessas imagens. Os homens contemplaram essa mulher, mas não a conheceram. Nada restou do seu desejo. Sua admiração não deixou mais que esses retratos gelados.

Não é preciso morrer para desviver. Basta não ser nada para ninguém. Louise não comenta sobre as imagens. Véronique é três anos mais nova que sua mãe. Seu cabelo crespo está prateando nas têmporas. Véronique não tem mais vontade. Não tem mais projeto. Só lamentos. Um pesado sentimento de culpa. Louise se pergunta por que as mulheres se sentem tão facilmente culpadas. Véronique apenas tentou viver seus sonhos, ser livre. Era um direito seu. Um dever, até. Não é o caso de achar, aos quarenta e dois anos, que tudo acabou. Ainda muitas coisas seriam possíveis para ela se a sociedade fosse mais bem-feita. Véronique já não acredita. Se apega a essas velhas fotos para parar o tempo. Cai o pano sobre o futuro.

Louise não diz o que acha. Não vai salvar nenhuma das mulheres de Crimée. Não tem condições para isso. Véronique está inscrita na ANPE,[23] mas não tem nenhuma formação. Nem experiência a fazer valer para os empregos que poderia exercer. Sem filhos, não é prioritária para uma assistente social que vê desfilar, dia após dia, famílias de sem-teto. Terá fatalmente que deixar Crimée. E ir para onde, fazer o quê? Durante algum tempo irá acumular RMI e um CES, um contrato de emprego solidário. Fará inventários de competências. Estágios de orientação profissional. Depois, mais nada. Cai o breu sobre o destino.

[23] Agence nationale pour l'emploi: antiga Agência nacional do emprego, hoje Pôle emploi. (N. T.)

De quando em quando, soa uma sineta. A voz de Azerwal se faz ouvir num alto-falante. Anuncia visitas. A senhora Ibn Taïeb e a senhora Fofana estão sendo chamadas na recepção. Os visitantes não entram no prédio. Por um monitor de segurança instalado atrás da bancada, Azerwal e Thomassine avistam a calçada. Vigiam, assim, todos os vai e vens. Os visitantes são detectados antes mesmo de tocarem no 166. Antes de a janelinha estalar na sua cara. As mulheres solicitadas vão recebê-los na calçada. Muitas nunca são chamadas. Como Louise. Como Véronique. Bliss sobe no colo dela e lhe dá um beijo no queixo. Ela ri com uma alegria desbotada. Seu colorido está começando a murchar. Imperceptivelmente. Véronique está se apagando.

Súbito, Maya aparece. Preenche a sala insípida com sua simples presença. Ela vem ali todas as tardes. Deita no chão, a um canto. Já a repreenderam várias vezes por isso. Ela diz que os colchões são muito moles. Que não está mais habituada a dormir numa cama. Quinze anos de rua, sendo que parece tão nova. Ninguém lhe daria mais que vinte anos. Quando se exprime, sua linguagem é apurada. Dizem as garotas que ela não gosta de homens. Que é só com eles que fala cruamente, quando os aborda para alugar seu corpo. Com um linguajar chulo. Maya usa shorts, tops colantes. Seu peito dispensa o uso de sutiã. Quando vai ao toalete, não senta na privada. Do lado de fora dá para ouvir o jato potente que expelem as mulheres quando urinam agachadas.

No que Bliss chega perto dela, Maya aponta um dedo ameaçador: *Eu devoro menininhas*. A menina senta, escarranchada, sobre o flanco de Maya, deitada. Esta, pela primeira vez, dirige a palavra a Louise. Sem olhar para ela. Seu olhar é para a criança:

– Qual o nome da garota?

– Bliss.

– Ora! É de que origem?

– É inglês.

– E significa...?

– Júbilo.

Ela se vira para Louise. Examina-a de cima a baixo. Louise mantém-se impassível. É o que ela acha. Maya sorri de soslaio. *Moça instruída. Bliss, vá com a mamãe, sim? Preciso dormir um pouco.*

Maya passa as noites na rua. Todas as noites. Só chega de manhã, bem depois do café. À tarde ela dorme. Véronique está fazendo crochê, ou talvez seja tricô. Louise não sabe direito. Não entende dessas coisas. Na televisão, Drusila Barber[24] está em dificuldades.

Habito a derrocada
Habito a vertente de um grande desastre...[25]

---

[24] Isto é, Drucilla Barber. "No momento em que escrevi, muitos anos atrás, não me preocupei com a grafia desse nome", explica a autora, pedindo que não seja corrigido no texto. "Não se deve corrigir tudo." O nome é o de uma personagem de *The Young and the Restless*, novela estadunidense que estreou em 1973 e segue no ar até hoje, inclusive na França, onde é transmitida desde 1989 sob o título *Les Feux de l'amour*. Interpretada pela atriz negra Victoria Rowell nos anos 1990-2007, Drucilla Barber vive parte de sua adolescência na rua após fugir de casa por maus tratos, até ser resgatada por um detetive que a ajuda a se reerguer. (N. T.)

[25] *J'habite la débâcle / j'habite le pan d'un grand désastre.* Aimé Césaire, "Calendrier lagunaire", in *Moi, laminaire* (1982). (N. T.)

Paris está aí, nesta primeira saída de Louise. Saída de verdade, sem relação com seus problemas. Paris está aí. Ensolarada. Viva. Ela está na cidade, a pé, com sua filha. Caminham sem destino, só para capturar um pouco de vida. Prendê-la nos pulmões para depois respirar no sufoco de Crimée. As passageiras são numerosas demais. Maltratadas demais. Nada parece fazer qualquer sentido. Paris não está nem aí. É o centro do mundo. Continuará a fazer sonhar, a não ser que um dia os parisienses venham a ter mais cães do que têm hoje. Os parisienses gostam de mandar tudo à merda. Por isso eles têm cães.

A rua está cheia de gente. As pessoas passam sem vê-las. Louise observa seu visual de incluídos sociais, de inseridos, de indivíduos dotados de poder de compra. Ela, no Centro ou fora dele, anda sempre com seu saco de marinheiro no ombro. À noite ela o faz de travesseiro. As outras, em Crimée, a acham esquisita. Cada uma a enxerga à sua maneira: *Metida a besta. Se acha a rainha da cocada preta. Ruim da cabeça, só isso. Maluca, isso sim. Não, ela está assustada. Esse lugar fede a morte... Tem que se proteger.*

Louise se sente com os nervos por um fio. O desespero não dá trégua. A encruzilhada é inacessível; a aurora, hipotética. Não é possível seguir vivendo sem decidir nada. Quase tem vontade de fazer estripulias. Qualquer coisa. A primeira bobagem que lhe der na telha.

Está por aqui com esse amontoado de fêmeas. Suas conversas fúteis. Suas mesquinharias. Seu sofrimento. Sua inutilidade. Seu desalento. O que elas lhe revelam sobre si mesma. Suas adições. Suas defecções. Suas prosternações diante de homens que não as merecem. Sua violência. Seu imobilismo. Sua impotência. Seus saltos de humor. Sua condição... Está mais do que farta de vê-las se atirar sobre as roupas chiques jogadas ali por outras fêmeas – essas, abastadas, pias e caridosas. Transbordantes de cinismo, de má-fé. Não aguenta mais as discussões. As brigas por sandices de toda sorte. Os peidos noturnos. O onanismo gemente. A dor de viver. As insônias. Os distúrbios hormonais. Tantas semelhanças insuspeitadas. Tantas inaceitáveis parecenças.

Mesmo lá fora, continuam a persegui-la. Louise, de repente, não vê mais Paris. A beleza lhe escapa. Só enxerga os moradores de rua. Os mendigos. Os drogados. Os cocôs de cachorro. As fachadas por restaurar. Vê a si mesma no meio disso tudo. Um detrito. Aos vinte e três anos e uns quebrados. Há de amar e ser amada? Fazer algo com a sua vida? Algo válido. Algo belo. Necessário para ela e para os outros. Talvez Crimée já tenha fagocitado os potenciais possíveis.

Sobe num ônibus, a filha no quadril. Bliss não aguentaria um longo passeio a pé. Ainda é tão pequeninha. Dela, Louise não se cansou. Ainda. Mas se essa asfixia ainda durar por muito tempo. Ela não sabe. Por mais que brade o poeta que *está fora de questão entregar o mundo aos assassinos de aurora*,[26] já não consegue ouvi-lo senão a duras penas. As tagarelices de Crimée ensurdecem os cantos da memória. E Paris não os traz de volta. Paris não conhece a poesia dos oprimidos. Não desses, pelo menos.

Salta na Place de la Comédie française. A senhora P. lhe deu algum dinheiro para miudezas. Sobretudo porque ela nem

---

[26] *Il n'est pas question de livrer le monde aux assassins d'aube*. Aimé Césaire, "Nouvelle bonté", in *Moi, laminaire* (1982). (N. T.)

pensara em pedir. Poderia guardar esse dinheiro. Repor o kit de higiene pessoal, que só é fornecido na chegada ao Centro. Fazer coisas importantes, como comprar bilhetes de metrô, um cartão telefônico. Mas não hoje. Louise hoje precisa de leveza. Decide levar Bliss a um salão de chá para o lanche da tarde. Promete a si mesma fazer isso com frequência, mais tarde. Nem pensar em pôr os pés num fast-food, num lugar desprovido de elegância. Pôr o dinheiro em seu devido lugar. Gastá-lo por prazer. Não dar-lhe nenhum poder para governar sua vida.

Louise sabe que a consideram mais apta que outras à reinserção. Afinal, possui uma licenciatura. Seu *projeto*, como dizem os trabalhadores sociais, é visto como corajoso, ambicioso. Ela quer trabalhar para criar sua filha e terminar seus estudos. Eles gostam desse orgulho meio temerário que se dá ares de determinação. É só uma forma de acreditar na vida depois da morte. A senhora P. lida cotidianamente com megeras dessocializadas que não hesitam em partir para o tapa assim que lhes faltam as palavras. Encontra em Louise um motivo para continuar. Seus impulsos são comedidos. Ela é civilizada. A equipe do Centro tem consideração por ela. Por seu modo de se expressar, de se comportar. Por que, então, essa permanente sensação de nojo entalando seu esôfago?

Crimée não está aí para entender. Tem seus próprios imperativos. Que as passageiras não fiquem tempo demais. Que não voltem vezes demais. Crimée *administra* – é assim que se diz – a emergência. Só está apto a efetuar operações simples: retirada e colocação das crianças, encaminhamento das mulheres para um asilo, um hotel social, um albergue temporário, para um retorno à estaca zero, no mais das vezes. Não é por aí que se consegue a tão esperada moradia. As opções oferecidas são todas provisórias.

Louise se pergunta se está preparada. Se terá a audácia de ainda querer viver. Uma lágrima escorre em seu rosto.

Se mescla com o chá que esfriou. Bliss desata a chorar também, os dedos enfiados numa bomba de chocolate muito grande para ela. O garçom se acerca. Constata a tristeza, pergunta no que pode ajudar. Ela não quer nada. Só a conta. Palavras confusas. Ele põe a mão no seu ombro. Seu choro redobra. O da menina igualmente. Se ela ao menos soubesse por quê.

Paris escureceu. Está se armando um temporal de verão. A Rue de Valois as conduz à estação Palais-Royal. Pegam o metrô para o Mar Negro. Para o front. Precisa enxugar as lágrimas. Não fraquejar. Não se aniquilar nessa condição marginal. Continuar mantendo suas distâncias. Não buscar um conforto factício junto às mulheres de Crimée. De longe já percebe bem a dor que as envolve, aperta, tritura.

Não irá afundar nas águas turvas e revoltas de Crimée. A morte do desespero se dá ao largo dos grupinhos que as passageiras julgam formar por afinidade. São mera reprodução das divisões sociais. Terá que se manter calma, apesar das provocações, das discussões, das zombarias, dos choros de criança. É a única forma de sobreviver.

O metrô embala Bliss. Está com os braços ao redor do pescoço da mãe. Adormece sugando ferozmente sua orelha. O saco de marinheiro impede as pessoas de avançar para o fundo do vagão. Param à altura de Louise. Ela não se desculpa pelo incômodo. Chorar lhe fez bem, no fim das contas. Seu coração não está árido. Ela ainda não está morta. E, mais que isso, vai viver.

Como toda manhã de umas semanas para cá, Louise vai falar com Azerwal, perguntar se em breve poderá mudar de quarto. Descobriu que existem quartos duplos. E individuais, inclusive. Para as mulheres adoentadas, para as que acabam de parir. Não se comenta muito a respeito. Hoje, de novo, ele lhe pede paciência. A sensação de Louise, sempre que o vê, é de estar diante de um doente terminal que busca, no fundo de si mesmo, forças para cuidar dos outros. Ela agradece. Cruza o pátio feito um autômato, em direção ao refeitório.

Já nem sente a sacola em seu ombro, o qual pende levemente para a frente. Isso lhe dá uma aparência esquisita. Quadris hipertrofiados. Ombros de caminhoneiro. Em seu braço esquerdo, aninhada contra a mãe, Bliss olha as pessoas de cima. Elas agora já não se demoram na sala de jantar. Louise dá de comer a Bliss e sai, levando a ficha que lhe deram para se servir de uma bebida quente. Foi instalada uma máquina na mesma sala em que o televisor cumpre sua tórpida missão. Ela se esquiva das passageiras. Preserva-se da malta.

Elas gritam. Dão risada. Parecem não ter consciência de nada. Nem dor sentem mais. De tanta dor que já sentiram. Seriam capazes de matar por um croissant a mais. De roubar uma ficha por um chá duvidoso. Ao sair da mesa, Louise escuta uma história trivial de inimizade: uma mulher, invejosa das roupas caras de outra, teria usado uma de suas blusas, de seda, para se limpar. Quem se queixa é uma zairense sempre vestida nos trinques, que anda o tempo todo com um livro de capa preta onde se lê, gravada em letras de sangue, uma inscrição que, no mínimo, inspira ceticismo: *O mal existe.*

Costuma gastar muito tempo, e o tempo alheio, para enunciar uma frase simples, sujeito-verbo-predicado. Sua fala é tão lenta que, ao findar-se a oração, ninguém mais lembra sobre o que versava. Seu ar superior sugere inequivocamente que ela já alcançou a salvação. Estará sentada à direita do Pai. Ao passo que as outras, pobres pecadoras... Ela discursa, dá nos nervos de todo mundo. *Não entendo como alguém que não tem nada pode ser racista. O mundo está doente. Muito materialista. Muitos falsos valores.*

Tem o sotaque de seu país. Os *e* pronunciados como *é*, uma espécie de indolência... Pesadas pulseiras tilintam em seus pulsos. Louise acha que ela é louca. Capaz de ter, ela mesma, emporcalhado a própria roupa. Em Crimée tudo é possível. E tudo acontece. Essa mulher pode, inclusive, ser uma infiltrada de alguma seita. Estar ali a serviço, para recrutar pobres coitadas. Empresas religiosas são empresas como as outras. Têm aspirações expansionistas. Precisam sem cessar conquistar novos mercados. Louise gira os calcanhares.

Ela hoje vai fazer um balanço da situação com a senhora P. Aguarda sua vez em meio às tagarelices. O cacarejar sem fim das mulheres. Louise está com overdose de feminino, não se sente próxima do gênero. Só o que elas têm em comum é esse corpo que sangra todo mês. E a exclusão social. Afora isso, ela não sabe. Chega uma garota. Vestindo um amplo bubu amarelo. Longos cabelos crespos lambendo seu rosto. Não há mais cadeiras. Ela senta no chão, puxa as pernas junto ao queixo. Dá a impressão de estar com sono. Bamboleia a cabeça. É seu estado normal. Inteligente, sensível, diferente. Em busca de absoluto. Coquetel corrosivo para quem aspira à felicidade. Chama-se Virginie. As mulheres riem ao avistá-la. Louise não.

Ela é mestiça. Sua metade negra vem da África Central. Com a branca, a parte materna, nunca teve contato. Seus pais se conheceram na Europa, onde seu pai estudava direito ou outra disciplina suspeita qualquer. Sua mãe queria ser professora. Preparava-se para isso na Rue d'Ulm.[27] Casaram-se. O homem tivera de voltar para o seu país quando, com a morte de seu pai, coubera-lhe a responsabilidade pelo clã. Nada mais fora igual. Ele tomara outras esposas. Fizera todo tipo de coisas imprevistas. Sua primeira mulher, considerada como concubina por não pertencer à etnia, pedira o divórcio. O qual lhe foi concedido, com a condição de que deixasse os filhos com o pai.

Em alguns povos bantos, a prole pertence ao homem. A mulher se comprometera a não tornar a ver os filhos. Essa história Virginie descobrira por conversas ouvidas aqui e ali. Velhas que falavam sem suspeitar que a menina entendia a língua paterna. No dia em que contara tudo isso para Louise, ela concluíra: *Se eu visse minha mãe hoje, nem seria capaz de reconhecê-la. Minha mãe...*

Virginie se formara no ensino médio aos dezesseis anos, na mesma época em que um tio paterno obteve um posto de embaixador em Paris. Tinha oito quando seu genitor a afastara da sua vida, mantendo junto de si somente os filhos varões. Podia se dar por feliz por ter sido autorizada a estudar. Dar graças aos céus por esse tio ter se tomado de afeto por ela. Ele a levara consigo em suas malas de diplomata, e assim ela percorrera o mundo. Sim, tinha sorte. Mesmo porque a mulher do tio era ela. A detentora oficial do título não era mais que uma esposa de fachada. Era com Virginie que ele dormia. Dizia amá-la. Dava-lhe asco. Especialmente de si mesma.

---

[27] Referência à prestigiosa École normale supérieure, situada na Rue d'Ulm, em Paris. (N. T.)

Aos dezesseis anos, conhecera um garoto. Tinham fugido juntos. Sua família finalmente a encontrara, longos meses depois. Tarde demais. Tinha, com o seu amor, vivido fora dos trilhos. Ingerido substâncias proscritas. Mendigado. Febrilmente buscado se aviltar, por incapacidade de suicidar-se. Quando do reencontro com os seus, Virginie estava grávida de cinco meses. A família amorosa, não querendo esse filho, a obrigara a um parto anônimo. Teriam feito o mesmo se houvesse sido o tio o autor da gravidez.

Consumado o abandono, tinham-na prometido a um dignitário da aldeia. Um sujeito que a queria, apesar de tudo. Sua pele clara e seus olhos verdes seguiam valendo seu peso em ouro. Era como possuir uma mulher branca, mas com direito a dominá-la, oprimi-la. Porque não era uma branca de verdade. Virginie tornara a fugir. Desde esse dia, ela corria. Em busca da sua mãe, do seu filho, do seu homem. Buscava por eles no álcool, nos remédios. Naquilo que injetava nas veias. Carência de um amor incondicional. Sem falhas. Recentemente, deambulando em certos meios, ouviu dizer que seu antigo namorado estava na Inglaterra, tentando fazer nome no garage, na house. Enfim, na música.

Esse garoto é tudo o que ela vislumbrou do amor. Virginie quer cruzar o Canal da Mancha. Já não tem dezessete anos, tem vinte e um. E alguns dentes a menos. Costas contra a parede, ela agora aparenta dormir. O bubu faz uma dobra entre suas pernas abertas, justo onde dá para ver que não está usando calcinha. De repente, abre os olhos. Qual boneca mecânica. Sorri para Louise sem abrir a boca, porque é vaidosa. Estende os braços para Bliss que, confiante, se aninha contra ela.

Sua pele é acobreada. Seu cabelo, quase vermelho. Estreita a menina nos braços longos e finos. Canta "À la claire fontaine". É uma das que já perderam as contas de suas estadas em Crimée. Sentada próximo a ela, numa cadeira, uma loira de cabelo escasso folheia uma pasta vermelha. É a devoradora do outro dia. Seus dedos descarnados viram cautelosamente as páginas, todas protegidas por uma folha plástica. Veste um tailleur preto meio anos cinquenta. Sapatos boneca de cor creme. Presa sob seu braço, uma bolsa Kelly falsificada. Da mesma cor dos sapatos.

A pasta contém recortes de jornal. Notas. Fotos. Tudo relacionado a um astro de tempos pretéritos. Um ator de cinema. Dizem que todo dia essa moça faz plantão em frente à casa do artista, convencida de ser sua filha. Comentam, com a benevolência que as mulheres sabem demonstrar entre si, que diariamente ela atravessa Paris de metrô, cruza a Pont de Sully para ir à ilha Saint-Louis. É ali que ele mora. Depois, volta para Crimée. Às vezes, paira em seus lábios um sorriso evanescente. Outras vezes, ela tosse. É o seu jeito de chorar. Sem lágrimas. Num desses dias de tristeza enxuta, sua mãe, que tem fama de se vender por uns trocados numa praça próxima ao CHRS, exclamou na frente de todo mundo: *Eu nunca disse que era ele. Nem faço ideia de quem é seu pai!* E mais: *Eu devia é ter furado a periquita a facadas, em vez de te parir. Olhe só para você! Eu, com vinte e cinco anos, pelo menos era gostosa...*

Pouco importam os detalhes de sua tragédia comum. Faz anos que não vivem sob o mesmo teto. É em Crimée que elas se lembram da existência uma da outra. Voltam ali com frequência.

Não sei por que, de repente, me vem essa lembrança. Tínhamos, em casa, montanhas de discos. Em sua maioria, comprados por papai durante seus anos de estudos. Jazz, blues. Principalmente. Ele tinha uma coleção de vinis da Edith Piaf. Em pequena, eu não gostava dessa cantora. Mamãe, da música francesa, escutava Barbara.

Em casa, portanto, música respeitável. Nos seus carros é que eles se soltavam, se revelavam, talvez. Os japoneses estavam na moda no início dos anos oitenta. Ambos circulavam de Toyota: ele num Super Saloon, ela num Celica. E quem melhor dirigia era ela, que a cidade inteira apelidara de Alain Prost.

Papai, no seu carro, não se afastava muito dos seus fundamentais. Escutava *Louis and the Good Book*, o disco em que Satchmo canta spirituals e gospel. E também alguns músicos em voga: Earl Klugh, George Benson. Sua música de player: *Cause there's music in the air and lots of lovin' everywhere, give me the night...*

No carro de mamãe, curtia-se para valer. Rebeldia era ali mesmo. "Roxanne". "When a Man Loves a Woman". "Angie". "A Whiter Shade of Pale". "Nights in White Satin". "Dreams to Remember". "In the Ghetto", na voz de Linda Ronstadt. Quem se lembra de Linda Ronstadt?

Mamãe tinha o rock na alma. Ainda posso vê-la no dia em que chegou com o primeiro álbum do Prince. Ela gostava do seu lado malcriado. Surpreendente, não é, que sempre tenha me entendido tão mal?

Enfim. Estou aqui contando essas coisas, Mbambe̱. Você nunca ouviu falar em Procol Harum, nem em Rolling Stones. E não sabe me dizer por que mães e filhas, às vezes, não conseguem se comunicar. Enfim. Estou pensando na música.

No disco da Sarah Vaughan que me deu vontade de ser cantora. Sei todas as músicas de cor e salteado. No álbum da Big Mama Thornton que me fez compreender o que era cantar blues. Havia também um disco do Champion Jack Dupree de que papai punha uma faixa para eu ouvir ao me falar do racismo contra os negros.

Estou pensando na música.

Junto com a poesia, é o que me resta na memória. O que permanece. O que ainda me toca e me comove.

Vem um alarido de vozes da sala da senhora P. A porta bate. Uma jovem magrebina passa feito flecha pelas passageiras, chamando a trabalhadora social de vendida hipócrita. *Filha de uma puta!*, exclama. Sua calça jeans lhe entra tanto no traseiro que deve partir seu sexo ao meio. É de se perguntar como consegue andar com tanto aprumo. Tem os seios balançantes sob uma camiseta com *Power to the people* escrito nas costas. É a vez de Louise. Devagarinho, tira Bliss do colo de Virginie, que, sem resistir, retorna à sua letargia.

A senhora P. ainda está tremendo de nervoso, de medo. Morde os lábios. Contém lágrimas de raiva. Esteve a um triz de levar porrada. Da próxima vez, o fogo.[28] Ela sabe. Estende para Louise uma mão suada, de unhas curtas. Com um rubor ainda intenso nas faces, indica-lhe, num gesto cansado, uma poltrona revestida de um material não identificado. A jovem se senta. Acomoda Bliss no colo.

– Como você está, Louise?

– Tão bem quanto possível.

A senhora P. oferece a Bliss um bicho de pelúcia. Louise desaprova em silêncio. Incontáveis mãos, não muito limpas, pegaram nesse brinquedo. Dezenas de bocas babaram nele.

---

[28] No original: *La prochaine fois, le feu*. Referência ao livro de James Baldwin, *The Fire Next Time* (1963), publicado no Brasil sob o título *Da próxima vez, o fogo: racismo nos EUA* (Biblioteca Universal Popular, 1967. Tradução de Christiano Monteiro Oiticica). (N. T.)

Mas enfim. Não é hora de reclamar. Mesmo porque a P. tem notícias animadoras.

Uma casa materno-infantil talvez abra uma vaga no final do outono. Trata-se de um abrigo pertencente ao Exército de Salvação, situado no bairro Porte des Lilas. Uma unidade de médio porte, diferente de outros locais de acolhimento que abrigam um contingente exorbitante. *É um lugar agradável,* diz ela. *Eles querem vê-la terça-feira que vem para uma primeira entrevista, um contato inicial. Vão avaliar seu projeto. Depois, terá de aguardar a resposta.*

Há sempre que enfrentar interrogatórios. Preparar dossiês. Ser cadastrada. Avaliada. Fichada. Chamada à atenção, muitas vezes. A senhora P. sugere que, ainda assim, reitere as solicitações já efetuadas junto a outros estabelecimentos. *Precisa mostrar que está motivada.* A assistente social prossegue: *O fato de já haver uma instituição querendo entrevistá-la é realmente um ótimo sinal. Significa que outras podem igualmente se interessar por sua candidatura.*

Dá a Louise umas folhas de papel. Pede que lhe encaminhe as cartas o quanto antes, por intermédio de Azerwal. A jovem odeia redigir esse tipo de correspondência. Ter de choramingar. Fazer com que sintam pena dela. Não gosta de ser diminuída, infantilizada. Dá a impressão de estar na mira da arma de alguém que diz fazer isso para o seu próprio bem. Sem contar que terá de fazer isso no saguão, único lugar com mesas além do refeitório. Quando terminar, a senhora P. vai ler o material antes de postá-lo. Para avaliar sua carga emocional. Se tiver ressalvas, vai mandá-la escrever tudo de novo.

Bliss vem andando em diagonal atrás de sua mãe. Foi num murmúrio que Louise se despediu da assistente social, a qual só viu nisso mais um sinal de discrição. Se ela soubesse. Em seu peito, ragtime, blues, bebop e tudo mais se fundem numa barulheira infernal. Cacofonia interior. Indizível fúria. Com o passar dos dias, Louise foi acumulando quantidades de fúria. Ao contrário das demais passageiras, ela nunca põe para fora.

Enxaqueca outra vez, enquanto passa pelas mulheres que aguardam. Art Blakey e Max Roach arrebentando suas têmporas. Queria gritar. Que aquilo parasse. Só por um instante. Piedade... Olhos turvados de cólera, dá um ligeiro encontrão numa garota. Quem esbarra nela é sua sacola. Bem de leve. Tornou-se a tal ponto uma extensão do seu corpo que ela esquece que pode importunar os outros. A garota em questão é guineense. Gosta de confusão. Chama-se Saran. Desliza sobre Louise seus olhos salientes. De cima a baixo. De baixo a cima.

É um olhar pesado. Seboso. Sujo. Maldoso. Louise tem a sensação de alguém pisando em cima dela. Sente ganas de quebrar as fuças dessa Saran. Para. Encara a outra. Imagina-a no chão, contando os dentes. Recompõe-se. A prejudicada seria ela mesma. Louise segue caminho. Vendo-se fora de perigo, Saran desata a berrar. A tremelicar suas carnes molengas. Com essa gesticulação adiposa, é mais ridícula que assustadora: *O pessoal aqui diz que você é pancada. Por isso te deixam de lado. Mas eu, Saran Kaba, nisso de loucura, eu tenho diploma. Pode vir, bando de idiotas!*

Louise, no fim, tem vontade de rir. Bando de idiotas... Tudo isso só para ela. Saran está grávida de oito meses, mas só admite seis. Está fazendo uma reforma no seu apartamento. Se aproveitando de Crimée para evitar gastos com hotel. Isso é o que ela diz, na cantina, quando as subsaarianas almoçam entre elas. Saran afirma que está economizando para que nada lhe falte na América. É lá que ela pretende parir. Saran se gaba o tempo todo.

– Já estou com o visto na mão. Viajo no final do mês. A reforma estará pronta. Meu filho vai nascer americano. São eles os reis do mundo. Quem nasce preto tem que fazer de tudo para salvar a pele. Quando a gente voltar aqui para a França, ele vai ser bem tratado.

Ouvindo-a falar assim, as outras retrucam:

– Ei, Saran! Quando diz essas coisas, você joga seu sangue e seus ancestrais no lixo.

– Não, Céleste. O sangue continua nas nossas veias. Os ancestrais seguem com a gente por toda parte. A nacionalidade é só um documento que facilita a vida. Os brancos arrumaram toda essa desordem que há na nossa terra: guerras, doença, miséria... Nossos filhos têm que se refugiar em algum lugar. A salvação do Continente virá da folhagem, não da raiz. As raízes estão muito cansadas. Isso eu já entendi. Estou lutando como posso.

– Mesmo que você esteja certa, será que dá para fazer coisas boas sendo desonesto?

– O que vale é o resultado. Ou você acha que eles viraram os senhores sendo honestos? Espera aí, você também. Esses caras são os bandidos mais graduados da Terra. O que eu estou fazendo é até pouco.

Louise, no fundo, não tem nada contra essa garota. Ela também está batalhando para sobreviver. Tem sua moral tortuosa, seus sonhos. A própria vida, se necessário, irá lhe pedir contas. Decide acabar logo com as três cartas. Entregá-las para Azerwal até o final da manhã. A senhora P. irá achá-la muito motivada. Não pode adiar essa tarefa, sob risco de amassar ou extraviar os papéis por não ter onde guardá-los.

Louise baixa os olhos para as três folhas na sua frente. Precisa desfiar as razões pelas quais um abrigo materno-infantil deveria acolhê-la. A ela. E não a Farah, Aïssata, Nathalie, Sokhna, Sophie, Djenab, Kim, Ismen, Ayodele, Tatiana, Olga, Oumou, Fanny, Souad, Virginie, Djihane... Abrir caminho na marra. Ser competitiva. Aqui e na vida normal. Produzir uma boa argumentação. Vender seu peixe. A assistente social irá anexar uma nota de recomendação. *Séria, sem vícios, bom nível de estudos, muito determinada.*

Pergunta-se como fazem as outras. As que não dominam a língua. As que não percebem o tanto que é importante essa correspondência. As que não sabem o quanto tudo, nessa sociedade, é codificado. Isso é o que eles chamam de civilização. Crimée só pode salvar os móveis menos queimados pelo incêndio. Azar das que levaram uma bala – mesmo perdida – que as deixou inválidas. Azar das sonhadoras, das aventureiras, das francamente indecorosas. Crimée não pode nada por elas. Esse lugar não é voltado para a reconstrução. Não passa de uma via trafegada demais. Uma artéria cavada no acostamento para a transumância das que já não são. *Transit, exit.*

Louise trata por "prezada senhora", "prezado senhor" desconhecidos que têm seu destino nas mãos já repletas de emergências para atender. Sua filha brinca com os cordões do saco de marinheiro. Ela tem medo de nunca sair dessa. Dois meses e sete dias. São as noites, sobretudo, que devem ser contadas. As horas enfumaçadas de cigarro. Empestadas de peidos. De arrotos. Ensurdecidas de brigas. De crises de choro. Horas insones sem dizer nada, sem fazer nada. Apenas transpondo os infindáveis momentos que separam o dia anterior do seguinte. Contar, sempre. Uma noite, uma manhã. Para que a luz se faça.

Olhando para Bliss, pensa em fazer morrer elas duas. Matar a menina que não pode abandonar. Suicidar-se em seguida porque a vida, sem ela, seria impossível. Bliss devolve seu olhar. E ri. De novo. Sempre. Estende os braços dizendo: *Mamãe!* Ela tem que viver. Louise então escreve. De um fôlego só. Ela sabe fazer isso. Tinha esquecido, mas sabe.

Bliss tirou uma soneca nos braços da mãe, enquanto esta assistia à televisão. Louise agora precisa sair. Ir até a Rue de Joinville, atrás do CHRS, para que lhe forneçam um número de seguridade social. Tem observado mudanças em seu metabolismo. Os quilos que não ganhou durante a gravidez resolveram aparecer. Parou de menstruar. Está com acne na testa, no alto das costas. Com pelos nascendo no queixo. E entre os seios, que continuam a escorrer embora a menina já não mame. Não queria ver o médico do Centro, mas não lhe resta outra escolha. Sem seguridade social, é o único que pode consultar.

O pesado portal do edifício bate às suas costas. A rua está ali. Cinzenta ao sol dessa tarde de fim de estação. O outono vem chegando a passos mansos. No meio da rua, há uma mulher dançando. Tez cor de ocre. Alta e graciosa. Ela despe sua roupa. A blusa. A saia. Por baixo há somente uma meia-calça. Desfiada nas nádegas. Seu cabelo preto é levemente prateado nas têmporas. Balança em seus ombros. Seu corpo é esguio. Longo e musculoso. Um ajuntamento se forma. Os espectadores assobiam. Batem palmas. Até que enfim, há alguma coisa acontecendo em suas vidas.

O ventre que está aí nunca gerou. Nunca amamentou, este peito que se ergue sob o olhar concupiscente dos homens e aquele, invejoso, das mulheres. Alguém chama a polícia. Os bombeiros. Deus. Uma mulher se queixa:

– Sempre falei que não podia deixar essas mulheres num bairro de família.

A dança chega ao fim. Véronique está ofegante. Seus braços pendem ao longo do corpo imóvel. Parece um cadáver de pé. Ela abre as mãos, estende-as em direção a Louise, que está ali parada, petrificada. Véronique chama por sua mãe antes de cair ao chão. Foi mandada embora do Centro. Devolvida à vida normal. À vida real. Chegam os bombeiros. A multidão se dispersa. Louise é incapaz de dar um passo. Ouve Bliss chorar. E uma voz sussurrar em sua cabeça:

Vejam minhas chagas e as cicatrizes de minhas chagas.
Vejam minhas tormentas, meus fluxos.
Passantes, eu ainda estou morrendo.[29]

A voz murmura a "Incantation", de Édouard Glissant, para cada uma das mulheres de Crimée. É como todas elas irão terminar. Rejeitadas. Incompreendidas. Imperdoadas. Louise perdeu a vontade de sair.

Paris não é grande o bastante para conter sua tristeza. Véronique agora está deitada numa maca. Estão levando seu corpo. Ela tem os olhos cerrados. Está viva e louca de dor. A reinserção é um Everest impossível de galgar para essa antiga bailarina, hoje inválida. Levam-na embora, mas Louise a guarda consigo. Para sempre. Cruza, em sentido inverso, a porta de metal. Em seu peito, um canto fúnebre do mesmo Glissant, o "Promenoir de la mort", que não vai dividir com ninguém:

Aqui movem-se apenas a emoção
Da lembrança e esse alto grito
Que se ouviu num meio-dia de agosto
Um grito de mulher dilacerada...[30]

---

[29] *Voyez mes plaies et les cicatrices de mes plaies. / Voyez mes orages, mes flux. / Je meurs encore, vous qui passez.* "Incantation", in *La Terre inquiète*, 1955. (N. T.)

[30] *Ici ne bougent que l'émoi / Du souvenir et ce haut cri / Qu'un midi d'Août on entendit / Un cri de femme labourée...* "Promenoir de la mort seule", in *La Terre inquiète*, 1955. (N. T.)

Com quem falar como falo com você? Nunca imaginei viver isso. Não é o lugar, na verdade. Não é o lugar. São todas essas mulheres. As feridas que não cicatrizam, que estão sempre reabrindo. Nunca termina. Quando foi que isso começou, o que foi que as moveu, que me moveu. Até aqui.

Hoje Véronique caiu no meio da rua. Sua razão se extraviou. Porque ela já não tinha um lugar no mundo. Com ninguém. Você não a conhece, claro. Nem eu. Ainda assim, sei tudo a seu respeito. Seu destino não é exclusivo seu. Tento pensar. Já não consigo. Diz de novo, Mbambe, que eu sou feita de poeira de estrelas. Diz de novo que eu nasci para brilhar. Para ser amada. Me diz que eu vou ter uma vida, que não há como ser diferente.

Quanto tempo vou levar para deixar isso para trás? Será que consigo? Me ocorre que eu poderia, simplesmente, voltar para Camarões. Se, como imagino, minha mãe não me quisesse, iria morar com você. Poderia sentar do seu lado, pôr minha cabeça em seu colo. E você cantaria: *Um dia, o leão doente, awololo... Os animais doentes da peste*[31] com um groove bem *sawa*.[32] La Fontaine tropicalizado.

---

[31] Nome de uma fábula de La Fontaine, *Les Animaux malades de la peste*. (N. T.)

[32] *Sawa* (costa, em duala) designa a região litorânea de Camarões e, por extensão, o povo que ali reside e sua cultura. (N. T.)

Bliss cresceria tranquila, correndo atrás dos lagartos, estendendo as mãozinhas para os pimentões verdes que brotam junto de sua casa. Uma tia velha, passando por ali, daria um grito para alertá-la. E você, da sua cozinha, diria: *Muladi muam nde we no o kimea nika? Esele mo.*[33]

A propósito, é curioso. Você sempre falou comigo em francês, mas me escreve em duala. Sabe que eu entendo. Tento pensar. Me projetar mentalmente fora daqui. Diz para mim quem eu sou. Preciso saber para poder me reerguer. Será mesmo possível descobri-lo sozinha? Será mesmo possível descobri-lo nesta vala comum que é Crimée?

Eu não poderia ir morar com você. Seria faltar com o respeito a minha mãe. Seria apontá-la com o dedo, ela que já morre de vergonha à simples ideia do meu descaminho. Quando lhe anunciei minha gravidez, ela exclamou: *Mas como diabos você foi engravidar?* Ela lá precisava de explicações...

Quando Bliss fez seis meses, acho que foi isso, ela pediu que eu lhe mandasse a menina. Ao passo que eu ficaria aqui. Era para me ajudar. Essa solução não me convinha. Serei a mãe da minha filha. E já que assim decidi, preciso encarar a vida de frente, não buscar refúgios.

Sei que você me acolheria. Isso me basta. Você foi a única a mandar algum dinheiro para a pequena quando ela veio ao mundo. Foi assim que compramos suas primeiras roupinhas. Ela as vestiu por muito tempo, Mbambe̱...

---

[33] É com minha neta que está ralhando assim? Deixe a menina em paz. (N. A.)

Sempre que se senta na frente da tevê, Louise avista a senhora A., que a avista também. Fica espiando da creche, situada no mesmo andar. Às vezes, não se aguentando, vem oferecer um chá, um café, e aproveita para esclarecer que as mães são autorizadas a ficar na creche com seus filhos. Se assim desejarem. É até preferível, num primeiro momento. Assim o pequeno vai se familiarizando com o espaço sem medo de ser abandonado.

Hoje, de novo, lá vem ela. Suas sandálias batucando no piso. Está com grossas meias vermelhas combinando com a camiseta. O bicho é teimoso. Louise percebe que sua persistente recusa ainda vai lhe trazer problemas. Sua filha é uma das pouquíssimas crianças que ainda escapa ao controle da bigoduda. Ela então se decide a acompanhá-la, levando no colo uma Bliss adormecida que desperta tão logo é deitada nos frios lençóis de uma caminha.

Estão ali outras mulheres. Papeando. Claro. Têm quase todas um forte sotaque: subsaariano, eslavo, magrebino. Sua fala é temperada, gutural. O léxico e a gramática franceses são revisados a cada frase. Para uma camaronense ali presente, a palavra *marrant* [engraçado] significa *énervant* [irritante]. Já que comumente se diz *J'en ai marre* [estou cheio] para indicar que não se aguenta mais alguma coisa, quando ela pontua suas frases com um longo *C'est marrant* [Que engraçado] está falando de algo que, na verdade, não a diverte nem um pouco. Uma marfinense de mal com os artigos emprega os substantivos sem especificar seu gênero.[34] Estão todas muito à vontade. Falar em francês não significa falar francês. A assimilação não funcionou. A cultura de origem é que se exprime em francês, se impõe ao francês.

O espaço é colorido, com afrescos nas paredes. Com uns badulaques pendurados no teto. Aviões e nuvens suspensos por cordões transparentes. *Elas chamam isso de móbile*. Além da chefe, há ali uma moça, pouco mais velha que Louise. Loira, canelas musculosas. Deve fazer trilhas, alimentar-se exclusivamente de vegetais, militar numa associação, votar na esquerda. Está terminando o curso de pedagogia da primeira infância. A presença de Louise no recinto a alegra para além das palavras. Ela esteve recentemente na África Subsaariana. De onde voltou convencida de que:

– Os ocidentais esquentam demais a cabeça! Lá, as pessoas vivem uma vida genuína... São felizes, mesmo sem ter nada!

Louise, ela que nunca diz nada, não aguenta ouvir isso. Retruca:

– Acaso deviam todas se suicidar?

Causa um mal-estar. Está pouco se lixando. As pessoas só enxergam o que lhes convém. Às vezes, é preciso explicar para elas. Louise está injuriada com essa garota. Ela se ateve à superfície das coisas para que a realidade não estragasse suas férias ao sol. Aqui mesmo, nesta sala, há mulheres subsaarianas. Se fosse assim tão simples viver abaixo do Saara, nenhuma delas estaria ali. Se não fossem governados desde séculos por egoístas sem visão, os países saarianos conheceriam a prosperidade. Se o Ocidente não se aproveitasse habilmente dessa situação, por vezes criada ou estimulada por ele, as mulheres

[34] Salvo raras exceções, os substantivos em francês não trazem marca de gênero, o qual é necessariamente indicado por um determinante, como artigo ou pronome. (N. T.)

subsaarianas não precisariam entrar nas boas graças de uma senhora A.

Louise sabe que a acham agressiva. Difícil. Isso é o que se diz das pessoas francas. Das que se negam a engolir sapos. Das que acham, por exemplo, que fraternidade não tem nada a ver com esses bons sentimentos. Que conhecer o outro não é fabricar uma imagem sobre ele. Uma imagem que se possa aceitar. Que não abale o conforto interior. Louise se abstém de discursar sobre o assunto. Crimée não é a favor da liberdade de expressão. O verbo ali é caçado, analisado, registrado em dossiês. Relatado à senhora C., a invisível, porém poderosa, diretora que saberá usá-lo contra aquela que o proferiu.

Bliss finalmente adormece. As outras crianças também. Salvo uma nenenzinha com assaduras no bumbum, de que a senhora A. se encarrega de cuidar. Aproveita para prodigalizar conselhos à mãe. O tom doutoral é irretorquível; o sorriso, de circunstância; o olhar, glacial. Se dependesse dessa mulher, seriam exigidos diplomas de competência parental. Só assim as pessoas poderiam ter filhos. Ela entrega a bebê para a mãe, que retorna ao seu lugar como quem vai para o canto do castigo.

Um pouco mais tarde, os pequenos despertam. Um a um. Abrem os olhos sobre o que parece ser uma ilha de paz em meio à balbúrdia. Uma bolha flutuando acima do caos. Recebem um lanche. Biscoitos e leite em temperatura ambiente. Bliss fica à parte, indo refugiar-se no colo da mãe. A senhora A. repreende Louise por ser muito *canguru*. É o termo que ela usa. Por prurido diplomático. *Deixe-a viver um pouco a vida dela*, conclui.

Louise não responde. A vida de Bliss é alhures. Ela sabe que a filha é sociável. Apenas gosta de ser cortejada, desejada. No momento, está observando um pequeno Rachid que acabou de entrar na bolha com a mãe, uma mulher com o rosto inchado, e as irmãs, grudadas nas saias dela. O garoto está agitado. Sem falar muito, faz um barulho danado. Brinca com as meninas, uma brincadeira atentamente observada pela senhora A.: corre atrás delas emitindo uns ruídos que as assustam. Elas tentam fugir. Isso o excita, estimula. Não demora a alcançá-las. Agarra-as, imobiliza-as no chão. Deita sobre elas. Rachid aplica brutalmente os lábios nos lábios das meninas. Não põe a língua. Ainda não sabe. Louise presume que não são estanques, na casa de Rachid, as divisórias entre carinho e violência.

É apenas uma criança. Não entende por que ninguém quer brincar com ele. Por que Bliss começa a gritar quando ele se aproxima. No momento, tem cinco anos. A rejeição dos outros lhe dói. Desata a chorar também. Aos quinze, sentirá ódio. Nada disso diz respeito a Crimée. O futuro não faz parte de sua missão. A assistente social – não a senhora P., sua colega – sugeriu a Asma, mãe de Rachid, que se reconciliasse com o marido. Ele tem uma casa. Não um apartamentinho: uma casa geminada, no 19º Arrondissement.

Nessa creche onde as mulheres se abrem com quem estiver disposta a ouvi-las, mesmo tomando notas por conta da direção, Asma chora baixinho. Achava que a França poderia resolver seu problema. Que uma mulher, ali, tinha direito à verticalidade. Ela queria trabalhar. Seu marido, energicamente, deu-lhe a conhecer sua posição. Mulher não trabalha fora das paredes de sua cozinha. Tudo aprisiona Asma: as tradições, o casamento, a pobreza, a sociedade e suas limitações orçamentárias que a obrigam a liberar a cama que ocupa em Crimée. Bem ou mal, ela tem um teto, ao contrário de outras. Bem ou mal. Talvez devesse ter mentido um pouco. Não ter dito tudo. É frágil demais para engambelar. Sua saída está prevista para o final da semana. Sexta-feira. Estima-se que, até lá, terá descansado o suficiente. Terá recobrado forças.

No meio da noite, uma algazarra inabitual. Várias garotas se levantam. Apressam o passo rumo ao andar térreo. Louise, sem sair da cama, percebe um pouco o que está havendo. Umas noctívagas estão comentando a respeito no pátio, para onde dão as janelas do quarto. Falam sobre a nova passageira, que leva no colo um bebê que diz não querer. A criança, uma menina, tem apenas alguns dias. A conversa rola solta. Sem sequer ter visto o rosto da nova inquilina, Louise apanha no ar uns fiapos de sua história. Mais uma dor de amor. E o *baby blues*.

Ela cerra os olhos. Dormir um pouco. Tentar. Está com o corpo doído. O saco de marinheiro, sempre sob sua nuca, não contribui para o descanso. Mas ela, aqui, não confia em ninguém. Na vida em geral, aliás, a confiança não é seu forte. A solidão, antes apenas um hábito, virou uma espécie de identidade entre os altos muros de Crimée. Para as outras passageiras, Louise é a garota que está sempre na sua. Por necessidade. Está lutando para preservar a consciência de si mesma. Não ser um mero caso social. Seguir sendo alguém. Não veio aqui para fazer amigas, não pensa receber na sua casa uma antiga passageira e dizer: *Você lembra, em Crimée...* A simples ideia de que não irá esquecer já é o quanto basta.

A casa volta ao sossego. Já não há ninguém correndo na escadaria. Uma colega de quarto que tinha saído retorna. Conta sobre a recém-chegada. Não se dirige a ninguém em particular. Está só falando. Anda até a janela. Fita os olhos lá fora como que para confiar-se ao vento, à noite. As mulheres de Crimée nunca se olham no rosto, só de soslaio, de esguelha, à socapa. Olhares frontais são sentidos como agressivos. Questionam. Julgam. Escarnecem.

Essa manhã mesmo, no pátio de pesadas lajotas de concreto cercadas de corrimãos de metal – os das escadas que levam aos diferentes blocos –, duas garotas se engalfinharam sem motivo. Uma delas tinha apenas deixado seus olhos perambularem à toa. Mulheres que estavam ali sentadas, nas cadeiras ou direto no chão, assistiram a um diálogo surrealista:

– Ei, o que é que foi?

– O que é que foi o quê?

– Eu é que pergunto. Algum problema?

– Vocês viram isso? Tá maluca, essa daí! Perguntou se eu tenho algum problema.

– Cuidado, Sheitana,[35] você está provocando!

– Já te mostro quem é Sheitana...

Sucintas preliminares da briga.

As passageiras se juntaram ao redor para apreciar o espetáculo. Uma luta livre no meio do pátio. Azerwal precisou intervir. Esses arranca-rabos são frequentes. Não há sororidade entre as segregadas. Entre as ovelhas desgarradas. Essas garotas são lâminas afiadas buscando alguma coisa para talhar em pedaços. São lúcidas sobre si mesmas. Sabem que são umas estraçalhadas, umas destroçadas, esfaceladas por dentro. Têm ganas de quebrar tudo que lhes pareça inteiro. De massacrar tudo que se pareça com elas. Esse é o desejo mais comum, e o mais potente. É como quebrar o espelho que nos devolve uma imagem degradada. Há vezes que se sai no murro para entrar em contato. É uma forma de relação. Uma linguagem.

---

[35] Diaba, em árabe. Incorporado à gíria francesa, o termo *Sheitan*, ou *Sheitana*, no feminino, designa algo ruim, maligno, sendo especialmente ofensivo quando aplicado às mulheres. (N. T.)

A outra continua ali, relatando os acontecimentos da noite. Os primeiros frescores do outono penetram pela janela aberta. Ela conta que houve *um fuzuê no saguão de entrada* de Crimée. Tenta descrever a expressão da recém-chegada. O rosto do *baby blues* e de tudo o que nunca se saberá. *Essa mina já se foi. Dá para ver nos olhos dela, sabe.* Não diz mais nada. Um calafrio a percorre. Ela fecha a janela. Ver a dor do outro não dá nenhuma compreensão sobre ele. Há que saber muitas coisas, remontar e se projetar muito longe para realmente compreender alguém. Crimée não dá muito espaço para isso. E essas mulheres tão conversadeiras só contam aquilo que lhes dá vontade. Inventam, muitas vezes. A começar para si próprias. Mesmo se aproximando, não é fácil conhecê-las. Só se pode presumi-las.

Há um cheiro estranho pairando no ar quando, pela manhã, uma hora antes de Azerwal passar despertando a tropa, Louise cruza o corredor em direção ao banheiro. Alguém vomitou. Um magma rosa e amarelo que causa engulhos. No banheiro, largado no meio do piso azul, um absorvente usado lhe faz confidências vermelhas e pretas, grumosas, expulsas das profundezas de uma mulher. Louise já nem presta atenção nessas coisas. Toma banho às pressas, temendo que Bliss, abrindo os olhos, depare com sua ausência. Há alguns dias tem deixado a menina dormir enquanto corre para o chuveiro. Veste a roupa no corpo ainda úmido. As toalhas são minúsculas. Essas que eles fornecem quando se chega ao Centro, junto com um xampu e um sabonete.

No quarto coletivo, roncos. Somente Bliss já está desperta. Senta-se na cama e busca. Seu olhar é intenso, profundo. Estende os braços ao avistar a mãe. Louise tem a impressão de que é para pegá-la no colo. Ela, a mãe. O cabelo de Bliss lembra o mangue misterioso e denso que se espraia ao longo do rio Wouri. A jovem pensa nessa terra onde não irá mais viver. Os países são como as pessoas. Mesmo gostando muito deles, às vezes não há entendimento possível. Louise sente-se como uma alma suspensa. Uma funâmbula sem pertencimento territorial. Em pensamentos, quando fala com sua avó, ela diz "nossa terra". É só uma palavra. Para ela, nunca existiu tal lugar. Um lugar em que sua presença não fosse contestada. Em Camarões, as pessoas nunca a viram como uma das suas.

Não mais que na França. Por razões diferentes. Ela aceita sua singularidade. É escrevendo que encontra um espaço habitável. Concebendo um universo, fazendo-o surgir na página. O canto é sua verdadeira palavra. A escrita, sua tábua de salvação. Desde que Bliss nasceu, não escreveu uma linha sequer. Vai precisar escrever muito, encher páginas e páginas, antes de esperar cantar. Salvar a pele. Depois falar. Quando?

Um dia, quem sabe, estar suspensa será para ela como levitar. Acima de tudo. Não se alojar nas suas feridas. Não transmitir à filha a herança do sofrimento, e sim da resiliência. A beleza da vida. A bênção de estar vivo. Bliss está brincando numa baciazinha. Louise reza em silêncio para que ela se esqueça dessa sua estada atrás dos muros altos: *Faça com que ela não lembre, faça com que ela não lembre...* Por sua filha, ela recusa. Os determinismos. Os condicionamentos. Quer dar-lhe apenas escolhas. Que ela seja livre. Ao sair do banheiro, topa com Azerwal. Ele está na sua ronda matutina. Canta. Desafinado, mas canta: *Senhoras, está na hora. Café, croissants, uh, uh...*

Cumprimenta-o com um aceno de cabeça. Ele faz um gesto. De quem sinaliza o trânsito. Para pedir que ela pare. Cachinhos de cabelo vermelho escapam do seu boné jeans surrado. Tem o corpo tão ossudo quanto o rosto, que parece prestes a trincar ao menor sorriso. Dá vontade de pedir para ele sentar, dizer que não é sensato, no seu estado, percorrer a pé esse imenso território que é Crimée. Louise dá uns passos em sua direção.

– Tenho uma boa notícia para você. Vai poder mudar de quarto hoje mesmo, assim que acabar a faxina.

Ela queria agradecer mais calorosamente, mas não consegue. Está fria. Gelada. O tempo todo.

– Muitíssimo obrigada, Azerwal. Qual é o número do quarto?

Ele não lembra de cabeça, promete lhe informar depois do café. São duas camas de adulto mais dois berços.

O tamanho equivale ao do cômodo que ela ocupa atualmente com outras mulheres. Ela nem tenta entender a lógica disso tudo. Pitibiriba – é como as passageiras o chamam – diz que ela irá dividir o novo quarto com outra pessoa.

– Uma congolesa – ele esclarece. – É sossegada como você. Também tem uma menina.

As mulheres de Crimée lhe deram esse apelido porque é comum ele responder *Não tem neca de pitibiriba no estojo de primeiros socorros* quando, depois que anoitece e o médico já foi embora, elas precisam de algum medicamento. Ou seja, "Pitibiriba" é porque ele nunca tem nada. Para ela, porém, ele encontrou alguma coisa.

A outra garota, Louise não sabe quem é. Pouco lhe importa. O que conta é ter mais espaço, um semblante de privacidade. Azerwal prossegue sua ronda. Louise se pergunta se vai conseguir, finalmente, dormir uma hora inteira sem abrir os olhos. Só uma hora.

Esse é, definitivamente, um grande dia. Ela está subindo do refeitório quando ouve o anúncio de uma visita para Louise. Segue em direção à saída sem nem se perguntar quem será.

Ele está ali, na calçada, sem jeito. Ela se mantém gélida. Sua frieza congela o sorriso que ele ia esboçar.

– Olá – diz ele apenas.

Está pressentindo o confronto. Começa a bancar o macho, o sujeito que não tem do que se desculpar porque quem foi embora foi ela, que só está aqui para ver a filha. E, aliás, abre os braços para ela. A pequena se joga. Ele faz o gesto triunfante de quem sabe da ascendência dos pais sobre as filhas. Trouxe um bicho de pelúcia. Um coelhinho branco. Ri com a menina. A vida é linda.

Louise contém sua raiva. Como sempre fará na frente de Bliss. Diz:

– Venha, não podemos ficar aqui.

Ele se vira para a porta de metal.

– Não é permitida a entrada de visitantes. Há uma praça ali adiante...

Caminham. Com esse espaço entre eles. Grande o bastante para a menina que anda de mãos dadas com os dois. Grande o bastante para os rancores silenciosos. Já muito grande para se aproximarem sem risco. Já definitivo. Casais muito simbióticos não terminam bem. Casais de crianças nem sempre sabem crescer juntos. O que foi que eles foram, exatamente? Foi ela quem, pré-adolescente, se jogou para cima dele. Literalmente. Sem uma palavra.

Ele apenas respondeu ao seu desejo. No começo. Por muito tempo. Depois, algo deve ter se passado dentro dele. Algo forte o bastante para a mãe dele ameaçar, em vão: *É ela ou eu*. Louise não quer pensar nessa história. Está amargurada demais. As lembranças afluem, malgrado seu. Está com quinze anos, ele com dezessete. Vai vê-lo, alarmada, anuncia que sua menstruação não veio. Eles tramam um plano de fuga. Era um alarme falso, logo saberiam. A garota tem um ciclo irregular. Mas foi um susto daqueles. Ele diz: *Um dia vamos ter um filho. Será uma menina, e será parecida comigo.*

Bliss, de fato, se parece com ele. Com as feições dele é que compôs para si um rosto, pés, mímicas. Tantas lembranças. As peças de James Mtume que ele tocava no baixo. Os Brothers Johnson. Nathan East nos álbuns de Anita Baker. Stanley Clarke, *If This Bass Could Only Talk*. Nunca fizeram música juntos. Essa era a seara dele. Assim como o caratê. Os sabres japoneses: katana, tanto, wakizashi... A leitura do *Hagakure*. Tudo isso se perdeu pelo caminho. Esse que hoje está andando do seu lado não é um guerreiro. Só sonhou ser um. A ética do samurai era romantismo. Ele, que tinha predito o nascimento de sua filha, entrou em pânico ao ver se avultar o ventre de Louise. Não lhe pediu para abortar, contudo, quando foi descoberta a gravidez.

Enfim, eles certamente foram alguma coisa. Alguma coisa deve ter havido, para ter durado tantos anos. Mais de dez. Toda uma vida, para dois jovens adultos de vinte e três e vinte e cinco. Essa alguma coisa os deixou. Já nem nome tem mais na cabeça de Louise. Sentam-se num banco verde. Não se olham. Louise acha que cabe a ele falar primeiro. Ele obedece, com um ar de quem se pergunta do que, afinal, pode estar sendo acusado. Balança a cabeça, porque essa mulher é mesmo complicada. Faz poses de chefão de *blaxploitation movie*.[36] Suas costas encontram, indolentes, o encosto do banco. Seu verbo é de veludo:

– Não foi fácil te achar, Baby.

Ela recebe essa informação em silêncio, deixa-o prosseguir.

– Tive de perguntar para aquela sua amiga da faculdade, a F. Não precisava o mundo inteiro saber o que estamos vivendo...

Ele se cala. Espera a resposta de Louise, que não vem.

– Você não vai falar nada? – Como ela não responde, acrescenta: – Escute aqui, foi você que foi embora. Eu queria ver a Bliss. Senti saudade de vocês.

Ela ignora, muda de assunto:

– Imagino que não esteja mais naquele hotel?

– Não.

Está no cafofo de um amigo que viajou por uns meses.

– Graças a ele, consegui um emprego. Bem, não tem nada a ver com o meu currículo. Um trampo de vigia. Quer dizer, coisa de escravo. Mas ao menos vai dar para a gente pagar um aluguel, fazer planos.

Ele parece esperar que ela pule de alegria. Está propondo que ela vá se aboletar com ele num apartamento do qual logo, logo terão que sair. Viveram assim durante toda a gravidez, e já antes disso. Para lá e para cá. Na casa de amigos em viagem, de parentes relutantes. Viveram coisas cuja lembrança

---

[36] Surgido nos Estados Unidos na década de 1970, o *blaxploitation* foi um movimento cinematográfico que se impôs na história do cinema como o gênero que mostrou ao mundo o trabalho feito por negros e para negros. Até então vistos quase que apenas em papéis secundários, retratados como vilões e sendo mortos logo no começo dos filmes, negros se organizaram para contar a história a partir de seus pontos de vista – provocando, entretendo, retratando vivências que, muitas vezes, encontravam eco na audiência, mas também convidando os espectadores a refletir sobre o racismo com críticas ácidas, bom humor e produções marcantes. (N. E.)

Louise rechaça furiosamente. Acha difícil ele ter conseguido um CDI.[37] O mais provável é que se trate de um trabalho clandestino. Assim como ela, ele ainda não tem documentos que permitam aspirar a um emprego estável.

Quando se viram os dois no olho da rua, às vésperas do início de um novo ano universitário, ninguém se dispôs a lhes fornecer um atestado de hospedagem. Foi o que impediu a renovação dos vistos de permanência. Foi assim que a derrocada começou. Bobamente. Ela vai conseguir os documentos antes dele. Justamente porque o deixou. Naquela manhã, num enésimo hotel.

Mais uma vez, ele se esquiva das verdadeiras questões. Louise o deixa sonhar. Brincar de cavalinho com a menina em seu colo. Não quer mais nada com ele. Os anos passados juntos desfilam em sua memória. Eles nunca encontraram um ao outro. Só fizeram se olhar. Amar a ideia de estarem juntos. Ela, com o garoto que praticava artes marciais e fazia música. Ele, com a burguesinha culta que nunca se negava a ele, que parecia ganhar vida quando ele a olhava, porque ele a olhava.

Um sexo apaixonado fizera para eles as vezes de relação. Ela não quer mais. Não com ele. O sexo é um vínculo poderoso, mas ela não quer mais. Alguém com quem conversar. Com quem dividir valores. Construir algo mais que fantasias. É isso que ela deseja. Acabou, pronto.

Ele olha o relógio.

– Tenho que ir.

Observa-o como se ele fosse um fenômeno estranho. Essa confusão entre ação e agitação. Ele pousa os lábios sobre os seus. Por hábito, pensa ela. Um beijo vazio de sentido que lhe

---

[37] Contrat de travail à durée indéterminée: Contrato de trabalho por tempo indeterminado; em oposição ao CDD, contrato por tempo determinado, ou temporário. (N. T.)

falta com o respeito. Ele trouxe um brinquedo. Não indagou se precisavam de algo. Não fez nenhuma pergunta. Só forneceu uma informação – está aboletado na casa de um amigo – sem nada propor de concreto. Quem foi embora foi ela. Ele veio vê-la. Agora está chispando. Louise não o retém. Bliss chora. Sua mãe sabe que nunca irá lhe tirar essa dor.

Mbambe̠,

Nós nunca falamos sobre essas coisas...

Criança, eu não me perguntava o porquê de você morar com sua família, e não com meu avô. Vocês dois eram sozinhos, cada um para o seu lado. Era assim que eu os via. Isso não me perturbava. Eu entrava nas casas de ambos como em terra conquistada. A dele era cheia de música. Os cantos do Golden Gate Quartet, o tempo todo. Brassens também, cujas canções eu detestava.

Na sua, havia comida e histórias. Tanta doçura. Vocês eram o meu reino. Já fragmentado. Fraturado. Qual foi a história de vocês? Será que deixou marcas na minha? E você, que mulher você foi antes de ser minha avó querida? Ponho a cabeça em seu colo para você me embalar, mesmo eu já estando crescida.

Penso nos meus pais. Tão infelizes juntos. Busco respostas. Na minha lembrança, estamos, minha mãe e eu, sentadas na sala de sua casa. Ela acaba de lhe anunciar que quer se divorciar. Você a dissuade. Ela não diz nada, baixa a cabeça, lamenta você não lhe dar mais apoio. Depois que ela conseguiu um emprego, contra a vontade de meu pai, que a queria encerrada em casa como um bibelô, ele se tornou odioso. Violento. Insuportável.

Ela, um dia, faria o que você fez, iria embora. Para não morrer sob as pancadas do marido. Para tentar encontrar, em algum lugar, a existência a que tinha direito. Iria pagar caro por isso, além do concebível. Pedir o divórcio, para uma mulher – e então eram elas que o pediam –, significava se apartar da sociedade. Não ser recebida por mais ninguém, porque vista pelas outras mulheres como uma ameaça para os seus casamentos. Sofrer o assédio de todo e qualquer um. O resto você sabe.

E, para mim, qual será o preço? Nós nunca falamos sobre isso. Desconheço o que é uma vida de mulher. O que é, no fundo. Bem no fundo. Fico ouvindo as mulheres que estão aqui, que não chamo de colegas. Não consigo. Embora me custe admitir, sou forçada a reconhecer o que há de comum entre nós. Tanta coisa. A inadaptação ao mundo em que tivemos de crescer. O despreparo para a luta. A repetição do erro. Uma espécie de incompreensão diante da vida, e inconsequência, sem dúvida.

A dor indizível. Não porque faltem palavras, mas porque ninguém quer saber. Não se deve importunar o mundo em volta. Aqui é a Terra: todo mundo sofre.

E você? Irá me contar o que precisou recusar um dia, mesmo ao preço de ficar sozinha?

O novo quarto. Daria para jogar nele umas partidas de basquete. É tão grande. As camas são oportunamente dispostas de um lado e de outro do armário que divide esse planeta em dois hemisférios distintos. Confinam com as das crianças de maneira propícia. As amplíssimas janelas são revestidas com persianas que até permitem esquecer as grades que dissimulam. Como a outra ocupante ainda não apareceu, Louise escolhe sua cama. A da esquerda. Assim. Acomoda Bliss sobre ela, larga a sacola, vai abrir a persiana. E aí, má surpresa: atrás das barras de aço que correm rente à janela, está o pátio da creche. O império da senhora A., monarquia absoluta, regime imperialista. Paciência. Deixará a persiana baixada.

Sua nova colega entra no quarto e, após um cumprimento inaudível, toma lugar na cama oposta. Atrás dela vem uma menina de uns quatro anos, com um vestido de casinha de abelha. Imensos laços de fita prendem suas marias-chiquinhas crespas e reluzentes de brilhantina. Está chupando, e babando, um pirulito gigantesco, um globo terrestre vermelho. Não é preciso mais nada para ver que ela sabe tirar partido de sua condição de bendito fruto. Louise tenta não julgar. Bliss ainda pode acabar assim, criança mimada, cheia de vontades.

A congolesa tem a pele escura. Ostenta um entrelace Naomi, o que significa que mandou colar ou costurar cabelos sintéticos na cabeça, repartidos por uma fina risca. E que lábios ela tem. Como não vê-los. Pétalas de carne sob maquiagem sanguínea. Olhos imensos. Sobrancelhas inteiramente raspadas, redesenhadas com lápis preto. Subsaariana da gema. Empetecada em excesso. Cultura da sedução. Essa moça cresceu em sua terra natal, isso é certo. Ou então nunca saiu do seu ambiente de origem, o que dá na mesma. No que pesem essas torturas infligidas à sua pessoa, ela é bela. Não bonita. A boniteza é trivial e perecível. A beleza é um caráter. Nada pode alterá-la. Louise fala:

– Eu sou Louise. Como é o seu nome?

– Prudence. Congo, e você?

– Camarões.

– Então somos irmãs.

Gelo quebrado. Comunicação. Afinidades? Pouco importa. O que vale é fazer outra coisa além de matutar, quantificar o tempo. As crianças brincam. Louise pergunta onde estão as bagagens de Prudence. Esta lhe explica que estão *no local.*

– Você não tem medo de ser roubada?

– Já me roubaram, mas não foi muito...

– Como é o esquema?

– O Azerwal tem a chave. Ele abre uma vez por dia, de manhã, depois do café. E fica ali enquanto a gente pega o que precisa.

– Mas como ele vai saber a quem pertence cada sacola?

Prudence cai na risada.

– Pois foi assim que me roubaram!

Prudence está certa. São apenas roupas. Louise cogita deixar, ela também, sua sacola no local das bagagens. Aliviar o fardo – do corpo, pelo menos.

No fim, não deixa nada na sala de bagagens. Azerwal, ao abrir a porta, a põe diante de um amontoamento. Sacolas, malas, sacolinhas. Algumas abertas, como que estripadas. Tudo bagunçado. O espaço é minúsculo. Poeira no chão, teias de aranha no teto. As mulheres pisam alegremente nas coisas das outras. Louise muda de ideia. Não adianta querer se iludir. Ninguém se instala em Crimée. Não é um lar para se morar. Nem pensar em entrar nesse jogo. Perder o respeito de si e dos outros toda vez que se vem pegar uma roupa. Sai dali se perguntando o que é reinserção. O que é preciso aceitar para pretendê-la. Vai carregar sua sacola até o fim. Nem que acabe deslocando o ombro.

Prudence realmente não entende seu ponto de vista:

– Na África é mais pior – suspira.

Louise sabe o que ela quer dizer, embora lhe pareça mal formulado. Não existe só o pior ao sul do Saara. E o pior está em toda parte onde há seres humanos. Algo nela, no entanto, não quer achar desculpas para a França. Retruca que os subsaarianos pelo menos não ficam dando lições ao mundo, não se pretendem civilizados ao ponto de se darem o direito de ir, além dos mares, arrancar os outros da barbárie. Para ela, a desordem da sala de bagagens diz tudo o que os belos discursos escondem. Desde sempre.

Prudence tenta argumentar. Diz:

– Ei, pare com isso, Louise! Você põe política em tudo. Complica demais a vida.

Sua abordagem dessas questões é muito simples:

– É assim mesmo, fazer o quê...

Acontece de estarmos, a um só tempo, um pouco certos e um pouco errados. O revoltado pode, sem dificuldade, designar as regiões em que brotou sua ira. Seu rancor tem fontes, sempre as mesmas, inesgotáveis como a fraqueza humana. O fatalista constata, ele também, o ininterrupto caudal dessa covardia. Deduz que é inútil tentar contê-lo. Um julga que o mal só existe para ser combatido. O outro o julga inevitável, consubstancial à experiência humana.

Prudence e Louise são como o dia e a noite. Elas se dão bem. No contato com ela, Louise percebe que a amizade lhe fez falta. Sua colega da faculdade nunca veio vê-la. Era previsto e previsível. Ela fez por Louise o que ninguém mais aceitou fazer. Nem pai, nem tios, nem primos, nem pretensos velhos amigos da família. Isso não será esquecido. As duas jovens estão no refeitório. As conversas rolam soltas, como sempre. Vidas que se contam:

> Enfiei a mão na cara dela e ela me pôs para fora. Como não dava para ir para a casa do meu pai, por causa da mulher dele... fiquei na rua. E ela não foi te buscar? Foi nada! Nunquinha. A mão na cara foi porque ela reclamava de eu não ser boazinha com o homem dela. Que também era seu patrão, manja? Um cara casado. Ela trampa com quê? É vendedora numa loja de pisantes. Que idade você tinha? Dezesseis. E agora? Vinte e um.

Ou então:

> Eu não tenho estudo, entende. Nem experiência com trabalho de verdade. Eu só fiz biscates. Ela quer que eu faça um inventário de competências para ver que formação combina comigo. Estou com trinta e dois anos nas pernas. Não vou voltar a estudar sendo que estou sem grana. Imagina o tempo que ia levar só para eu completar o ensino fundamental. Está vendo, não tem jeito.

Ou ainda:

Estou te dizendo que eu vi as duas, a Maya e a Gabrielle. Naquela sala onde tem a tevê, sabe. Era tarde, estava escuro. E aí? Aí que estavam as duas no maior 69. Acabou mexendo comigo. Acho que estou precisando demais de uma trepada. Se eu pego um cara, vou te dizer, coitado dele. Tenho uns na mira, sabe. Sei onde conseguir uns bons artigos. Negões bonitos? De arrasar, minha filha. Então, temos que conversar.

E também:

Quando só os serviços sociais ainda falam com você, você sabe que virou um caso social. Para o resto da vida. Abrigos, hotéis sociais, hospitais, asilos, CHRS… Que inserção, o quê! Você fica o tempo todo com os dois pés na lama. Só afunda. Tenho tanta lembrança ruim. Cacetada de tira, sermão de assistente social, perda da guarda dos filhos… Não espero mais nada da vida. A não ser, talvez, uma dentadura. Ando cheia dessa minha cara. Nem pegar homem eu consigo mais.

Como que adivinhando seus pensamentos, Prudence propõe a Louise irem almoçar fora daqui para a frente. Conhece um lugar onde, por dez francos, dá para encher bem a barriga.

– Dez francos por um almoço? Como assim, são produtos vencidos?

– Você vai gostar, confie em mim. Por que você acha que nunca me viu por aqui? Tenho a minha cantina, minha irmã!

Prudence organizou sua vida de modo a não sentir tão fortemente o cheiro desse pardieiro. Ela sai bastante, mesmo que só para ir aos parques onde a filha pode brincar. Também frequenta uma igreja, como ela diz. As assembleias acontecem no apartamento de um *irmão*, nem sempre o mesmo. É uma *igreja* que ainda aguarda ser reconhecida. O santo espírito toma posse dos adeptos, que são então tomados de uns frenesis que ela chama de *transes de luz*. Começam a falar numa linguagem celeste que eles mesmos não entendem. Só o pastor é capaz de decifrá-la. Só ele possui o conhecimento, pois não está mais *no mundo* desde muito tempo. Vive na graça imaculada do Todo-Poderoso.

Louise acha que o pastor de Prudence não inventou a roda. Surpreende-se que essa história ainda cole. Pergunta-se o que atrai Prudence nisso tudo. O cerimonial, sem dúvida. A entrega. O esquecimento. Não a repreende. Acaso tem algo melhor a oferecer? A lucidez dói. Prudence teve sua revelação num momento bem preciso. Foi abandonada pelo noivo faltando dois dias para o casamento. A filha deles tinha três anos. Ele deixou uma carta dizendo que, pensando bem, a vida de família não era sua praia. E bateu asas, de alma leve, rumo às aventuras que esperavam por ele. Em companhia de uma boa amiga de Prudence.

Prudence me contou sua história. Que era filha de um magnata do petróleo congolês. Uma filha de fora. Dessas que se conhece e não se reconhece, para evitar a fúria da esposa. Ela não estudou, mas sua mãe lhe incutiu as boas maneiras. Donde seu porte nobre, a elegância de seus gestos.

Ela não julga ter outras qualidades além da beleza. Isso se percebe vendo seus trajes, o quanto é importante para ela estar sempre vestida de forma provocante. Ser um objeto de desejo para os homens, na falta de ter sido uma criança desejada. Basta tão pouca coisa para nos extraviarmos. Bastaria tão pouco para isso não acontecer.

Prudence pensou ter encontrado o amor. Um homem da boa sociedade. Ia casar-se com ele. Viver, enfim, como sempre deveria ter vivido. Legítima. Incontestada. Sua família materna não mediu esforços para parecer distinta nas festividades. Não ter jeito de pobre. Arcar com despesas consideráveis. O homem não compareceu ao cartório.

Desse ponto em diante de sua história, não ouvi mais nada. Nos surpreendemos com o que acontece conosco, mas, no fundo, vários sinais nos tinham alertado. Nós não vimos. Não queríamos ver.

Prudence falava e eu revia a mim mesma, sozinha num quarto mixuruca, grávida até o pescoço.

Ele tinha saído para fazer música. Tocar. Era cada vez mais frequente. Na noite em que perdi as águas, ele estava tocando por aí. Não para nos sustentar. Só por tocar. Prudence falava e eu revia a mim mesma num quarto, outro quarto. Num hotel de prostituição da periferia. Deitava Bliss sobre meu peito para as baratas não lhe entrarem pelo nariz, pelas orelhas. E porque temia a morte súbita do lactente. Ficamos três meses nesse hotel.

Um dia, ele chegou trazendo um de seus tios, que estava disposto a nos acolher. Pelo tempo que fosse preciso. Dei comigo num apartamento na zona oeste de Paris. O tio, casado com uma francesa branca, só aparecia em casa uma vez por semana. Para mudar de roupa. Gritar ordens ao léu. Voltar para a gandaia.

A esposa, que, apostavam os homens, ia se cansar da nossa presença e se desdobrar para nos conseguir uma moradia, já que trabalhava na Sonacotra,[38] não estava de boa vontade conosco. Virei a empregada. A que cozinhava, ajudava nas tarefas da escola, fazia a faxina, que incluía recolher o cocô do cachorro que defecava nos tapetes.

Eu não tinha a chave. Não havia como sair. Ele passava o dia inteiro fora, e também a noite, às vezes, perambulando com o tio. Durante uma reunião de família em que não fui convidada a me manifestar,

---

[38] Société nationale de construction de logement pour les travailleurs (Sociedade nacional de construção de moradias para trabalhadores), hoje Adoma, é uma sociedade de economia mista fundada em 1956 para atender à crescente demanda de moradia para os trabalhadores imigrantes. Com o tempo, foi se adequando e estendendo suas atividades para um público mais amplo, sendo hoje responsável por cerca de vinte e cinco por cento das moradias sociais francesas. (N. T.)

fiquei escutando o que eles diziam. Ela não tinha intenção nenhuma de se valer do seu cargo para nos ajudar a encontrar um teto. Tínhamos que ir embora. Aventou-se a possibilidade de irmos para a casa de outro tio. Alguém exclamou: *Mas ela não é filha do... E a família dela, está fazendo o quê?* Eu soube o que me restava fazer.

No dia seguinte, à tarde, as crianças chegaram da escola, como de costume. Pedi que telefonassem para a mãe delas. Comuniquei-lhe que estava, naquele momento, deixando sua residência. Agradeci sua hospitalidade. É estranho como as pessoas reagem assim que erguemos um pouco a cabeça. Assim que aceitamos pagar o preço da nossa liberdade. Ela começou a gaguejar, implorou que eu esperasse por ela. Quando chegou em casa, Bliss e eu já não estávamos. Minha filha tinha seis meses.

A primeira noite, nós passamos no apartamento de uma prima que estava voltando para Camarões no dia seguinte. Depois, consegui um hotel. Ele veio atrás. Sua tia, é claro, o tinha posto para fora. É o que eu também tinha que ter feito. Deve ter havido sinais. Houve. Eu vi. Fiz que não vi.

A cantina frequentada pela congolesa fica num albergue senegalês situado a pouca distância do Centro. Louise sabe da existência desses lugares, nos quais, porém, nunca pôs os pés. O restaurante parece uma ampla galeria cavada no subsolo de um prédio degradado. Mesas rústicas, revestidas com toalhas de plástico, estão dispostas ao longo das paredes. A louça é despretensiosa. Os garfos têm dentes, as facas têm lâmina, é só o que o povo pede. Bliss está bem mais à vontade que sua mãe. Louise acha que nunca viu tantos negros juntos. Nem no Continente.

Os homens são maioria. Alguns moram ali. Outros vêm de fora, apenas para comer. As únicas mulheres presentes, além das duas passageiras de Crimée, estão na frente dos fogões. Imensas e coloridas, vestem uns bubus com decote talhado para deixar sistematicamente um ombro à mostra. Percebe-se, chegando mais perto, o cuidado que dedicam a essa parte do seu busto.

Louise pede um prato de *yassa*[39] para ela e para a filha. É tanto arroz e tanto molho que não vão, em duas, dar conta de comer tudo. Por dez francos, vale mesmo a pena. É bom, quentinho, servido com um sorriso. Originárias da África Central, ela e Prudence, aqui, são estrangeiras. Ambas dão de

---

[39] Prato originário do Senegal que se tornou popular em toda a África Ocidental, feito de frango ou peixe temperado com suco de limão, especiarias e bastante cebola. (N. E.)

comer às filhas antes de comerem por sua vez. A menina de Prudence se chama Vanessa.

Ao redor delas burburinham o ulofe[40] e a alegria de se estar entre os seus. Os homens esquecem seus empregos de lixeiro, operário, varredor de rua. Eles aqui estão em casa, e à França é que caberia se integrar se porventura aparecesse. Não foi ela que os amontoou ali? Que vá queixar-se a si mesma. Louise observa. Os rostos, as atitudes, os códigos. Quem conversa. Quem come em silêncio. Existe uma hierarquia. Um sistema de classes de idade, de antiguidade de residência na França.

Esses homens partiram faz décadas, nunca irão chegar de verdade à França. Não foi de bom grado que vieram. Não foi pela aventura, pela descoberta do outro, de si mesmos. O porto, para eles, há de ser sempre inalcançável. Para os mais antigos, esse exílio era um pouco como os trabalhos forçados. Algo que se devia ao clã. Um sacrifício. O albergue, então, funciona como um sucedâneo. É um *trompe-l'œil*, um simulacro da terra originária. Cada garfada é um retorno a Louga, a Fatick. A memória é seu único patrimônio. A ela se agarram.

Elas saem, levando cada qual sua filha pela mão. Andam ao longo do Canal de l'Oise. Passam em frente a uma tenda montada para o show de um cantor anticonformista. A ideia de ir ao show nem lhes passa pela cabeça. Cinema, espetáculos… isso tudo pertence a outra vida. À vida. À vida com um canto só seu, um emprego, lazer. À vida em que se está em dia com todas as instâncias administrativas. Vida não marginal, ou então, equipada para sê-lo. Financeiramente equipada.

Faz um frio cortante para essa época do ano, e um tédio de enlouquecer. Tédio é o enclausuramento em Crimée. Precisam voltar para dentro de seus muros. Aguardar o veredito da sociedade. Terão, ou não terão, o direito de viver?

---

[40] Língua falada na África Ocidental, especialmente no Senegal. (N. T.)

Chegando à Rue de Crimée, percebem uma agitação frente ao portal do Centro. Louise reconhece Tao, uma jovem asiática. Está entre Azerwal e o vigia. Cada um segurando-a por um braço. Querem fazê-la sair. Ela berra. Se arrasta no chão. Esfola os joelhos até sangrarem. Chora: *Uma semana no hotel, e depois, ir para onde?* Tao tem dezenove anos. Poderiam ajudá-la. Deveriam. Seja qual for sua história. Ninguém, nessa idade, é sem-teto por prazer. Louise e Prudence quedam na calçada em frente. Não dizem nada. Tao é cuspida pelo portal. Um perdigoto na calçada. Alguns passantes tinham se detido. Agora seguem caminho.

Elas tocam a campainha para entrar. Bliss e Vanessa choram, apavoradas. É por elas que suas mães se calam. Tao tem nacionalidade francesa. Elas não. Seu pranto ressoa no silêncio delas, entre cada batida do coração. Louise promete a si mesma viver para ver o dia em que não irá mais se calar. No que quer que Crimée a transforme, Louise, se não morrer, viverá para dizer tudo. Na cara. Odeia esse momento. Nunca irá esquecê-lo.

Hoje o dia vai ser cheio. Meados da manhã: entrevista numa casa materno-infantil. Início da tarde: serviço de endocrinologia de um grande hospital parisiense. O médico do CHRS julga os distúrbios do seu metabolismo suficientemente sérios para encaminhá-la a um renomado especialista. Foi preciso esperar quase um mês pela consulta com o prestigioso professor. No meio-tempo, o doutor designado para as excluídas pediu-lhe que fizesse alguns exames, ao fim dos quais a única medicação que se sentiu apto a receitar foram pequenas cápsulas gelatinosas brancas e verdes. Para fazê-la ver esse pesadelo em cor-de-rosa.

Diante dessa agenda e, sobretudo, da ausência de Prudence, que saiu em busca da salvação, Louise deverá deixar Bliss com a senhora A. É hora do café da manhã. Ela está, como todos os dias, com a filha sentada em seu colo. A pequena brinca com o brioche, com os talheres, com o açúcar. Louise a vira de frente para ela, pede que fique quieta. E então explica, como já fez no dia anterior, que, pela primeira vez, elas vão se separar. Por algumas horas. Bliss chora. As paredes chegam a tremer. Sua mãe se pergunta se é porque ela entendeu ou porque está sentindo sua perturbação.

Os olhos de Louise se turvam. Leva sua menina lá fora. Beija-a. Embala. Promete. Tranquiliza. Sem resultado. Com soluços na voz, entrega Bliss nas mãos da pedagoga da primeira infância. A sacola pesa em seu ombro. Não a deixa na creche. Não lhe sugerem que o faça. Se apressa em direção ao portão, como se isso pudesse encurtar o tempo passado longe de Bliss. Sai correndo. Na rua. Na escadaria do metrô. Nos corredores de baldeação.

Louise vestiu sua melhor roupa para causar boa impressão. Camiseta preta. Calça jeans, 501 clássica, preta. Tênis preto. Tudo comprado com um auxílio financeiro fornecido pela senhora P. Sempre gasta esse dinheiro em futilidades, para desdenhar da caridade que recusa. Tenta esquecer que deixou Bliss na creche. Onde a senhora A. vai finalmente poder auscultá-la, avaliar os méritos da mãe.

Louise caminha, pensa em sua entrevista de acesso à vida normal. Terá de exibir um ar de quem deseja a normalidade. Ser bem-comportada. Isso ela aprendeu. É o que tem feito há meses. Finge ignorar que Crimée sempre há de mantê-la à margem.

Procura a casa materno-infantil. Pergunta o caminho para um adolescente que julga estar no Bronx. Acaba encontrando, no fim de uma alameda sombreada, um portão aberto para um jardim. Com balanços, brinquedos para crianças. Numa parede junto à entrada, um afresco, em cores comumente reconhecidas por seu calor, representa uma mulher com seu filho. Enlevados de felicidade. Salvos. Uma inscrição acima da cena vem lembrar, ainda assim, que não se está ali para brincar: Exército de Salvação.

Louise sobe, devagar, os degraus da entrada. Topa com uma mocinha cor de café com leite. Pergunta-se como conseguiu inserir seu traseiro inteiro numa calça tão justa. Observa-a correr, um pouco como um pato sem fôlego, atrás de uma menina de marias-chiquinhas e laços de fita. A criança atende pelo nome de Whitley, decerto inspirado na série *A Different World*, a continuação de *The Cosby Show*. Louise empurra a porta, penetra no saguão de entrada.

Três salas. Acima da porta de uma delas, uma placa indica a recepção. Está ali um rapaz, cercado por espécimes altamente representativos do sexo feminino. Todas vestem roupas muito apertadas. Talvez não saibam o número de seu manequim. Em seus pés, sapatos de sola plataforma parecem caminhões em miniatura. São ultramarinas, subsaarianas e magrebinas. Mesmo que tenham carteira de identidade francesa. Isso nem sempre é sua escolha. É apenas sua realidade.

Falam como se fala em Crimée, uma língua urbana entrecortada, feita de concreto, metal, patchwork cultural, invenção de si, mas também de limitações diversas. Elas estão à margem. Desde sempre. A maioria mal saiu da adolescência. O enxame cessa seu zumbido quando Louise anuncia, fitando o rapaz negro que elas estão cercando:

– Bom dia. Eu vim para uma entrevista com os educadores. Tenho hora marcada.

– Pois não, queira sentar-se, vou avisar a equipe.

E lhe indica, para esperar, um banco de igreja. É com isso que se parece. Louise aguarda que venham chamá-la. Que lhe digam, finalmente, se ainda vale a pena educá-la. Pergunta-se por que razão sempre ressurge essa palavra. Educador. O recepcionista lembra às suas fãs que esses ajuntamentos na sua sala não são bem-vistos. Diz cochichando, mas Louise escuta, que *vai estar mais tranquilo no final da tarde*. Depois que a equipe educativa e o pessoal do administrativo forem embora. Ele então estará sozinho com o seu yang, para olhar pelo yin delas.

Chega uma mulher de idade madura pelo corredor que dá no saguão de entrada. As garotas se calam. Deixam a sala. Retornam lá para cima. O recepcionista descobre tarefas urgentes para cumprir. A mulher sorri, pede a Louise que a acompanhe. A jovem segue atrás do seu corte Chanel, das suas nádegas envoltas numa calça cinza que luta bravamente para não cair. Não existe manequim menor. Essa magreza não inspira a Louise nada de bom. Pensa na devoradora de Crimée, nos seus cabelos ralos e dedos azuis. Lhe dá medo.

A mulher a deixa aguardando um instante numa sala de ratan verde. Cadeiras de espaldar alto, mesa com tampo de vidro. Um televisor pousado num suporte de madeira, este preso à parede por uma haste de metal. Não senta sem ser autorizada. Dócil desde já. Bem-educada. *Low profile*. A educadora retorna, acompanhada de uma colega obesa.

– Sente-se, Louise. Muito bem. Eu sou Camille, e esta é Zorah. Caso venha a ingressar em nossa instituição, seremos suas educadoras-referência. Muito bem. O objetivo desta entrevista é conhecê-la melhor e avaliar a pertinência de sua admissão. Vamos lhe explicar o funcionamento da instituição, para que esteja ciente do que eventualmente a espera. Muito bem. Poderia nos dizer quem você é e que percurso a trouxe até aqui?

Louise sabe que é uma pífia oradora, mas não é hora de tergiversar. Essa oportunidade não é dada a todas. Pensa em Tao. Em Véronique. Em tantas outras. Fala. Sem saber o que diz. Sensação de vazio na cabeça. E as "reinseridoras" não querem apenas saber quem ela é. Querem dominar o tema da sua vida. Nos mínimos detalhes. Querem tudo. A gênese[41] e todos os outros livros. Querem-na nua em pelo. É esse o preço. Sempre. Louise se insurge interiormente. Olha nos olhos delas. Seleciona as informações. Maquia a verdade quando julga desnecessário dizê-la. Que lhe reste alguma coisa.

Diz o que elas precisam saber. Claramente. Que não vive mais com o pai de Bliss. Que não tem família na França com a qual possa contar. Que quer manter a guarda da filha, conseguir um emprego, concluir seus estudos. Não gosta que bisbilhotem sua vida. As educadoras, por sua vez, explicam

---

[41] No original: *La genèse*. A autora brinca aqui com uma acepção derivada do termo, que também designa, por extensão, *La Genèse* (ou *Livre de la Genèse*), o primeiro livro da Bíblia. (N. T.)

tudo que, por ora, ela não pode ignorar. Que a casa materno-infantil acolhe mulheres desde o terceiro trimestre da gravidez até os três anos da criança. A situação e o *projeto* de cada uma são regularmente examinados. A cada seis meses é feita uma avaliação, ao fim da qual é prorrogado o acolhimento, ou não. Que a unidade dispõe de uma creche cuja frequência é obrigatória para as crianças. A jovem acolhida paga um aluguel isento de taxas. Paga também pela creche.

A criação desses locais deve ter nascido de uma boa intenção. O problema com as boas intenções é que elas podem ser deturpadas. Num mundo em que a principal preocupação é o estouro do orçamento, não existe garantia de eficácia das medidas. Todos os quartos da casa estão ocupados. Há fila na porta. Empurra-empurra para entrar. Ainda que a trégua seja só por seis meses, caso o acolhimento não seja prorrogado. É preciso favorecer o *turnover*, é o que se diz nesses lugares onde se faz gestão do humano.

Que tipo de projeto está sendo desenvolvido com essas moças que Louise viu ao chegar? Elas não serão incentivadas a empreender estudos de longa duração. Vamos, depressa, uma formação. Curta. Um empreguinho modesto. Qualquer um. Seja ou não do seu gosto. Como têm filhos, vão se agarrar a esse SMIC.[42] Aos vinte anos, um emprego com salário mínimo será a América. Aos trinta, a coisa será bem outra. O custo de vida estará mais caro. Vão começar a se sentir lesadas. Já não terão energia, nem ânimo, para prestar um vestibular, ir para a universidade. Ficarão mofando, estagnadas, ali onde foram acorrentadas.

Louise não sabe quanto tempo durou a entrevista. Está meio zonza quando Zorah a convida para almoçar no local.

---

[42] Salaire minimum interprofessionnel de croissance: Salário mínimo interprofissional de crescimento. (N. T.)

A casa possui sua própria cantina. As residentes, se preferirem, podem cozinhar lá em cima. Quando vêm comer na cantina, é cobrada uma pequena contribuição. Zorah explica:

– É uma forma de incutir responsabilidade nas moças e ajudá-las a preparar sua saída. Lá fora, tudo se paga.

Louise entra na fila com suas talvez futuras educadoras-referência, atrás de um cortejo multicolorido. As garotas se vestem na crista da moda. Algumas também vestem os filhos com roupas de grife, como se brincassem de boneca. Parecem despreocupadas. Embora estejam todas sentadas num assento ejetor. Precisam cumprir o programa. O projeto. Do contrário, fim de verba. Existem casos de expulsão prematura, aliás. Por comportamento indesculpável. Louise está disposta a suportar os constrangimentos. Pelo tempo que for preciso. Sem peridural para parir a si mesma. As contrações vão durar anos. Ela aceita.

Traçado numa lousa com letra incerta, o cardápio. Para a entrada, torta de alho-poró ou *œuf mayonnaise*.[43] Depois, *andouillette*[44] ou bife. Por fim, iogurte ou fruta. As garotas fazem o pedido. Pagam com tíquetes fornecidos pela intendente mediante alguns francos. Vão sentar-se a uma mesa. Tudo com a maior falta de delicadeza. São empetecadas, mas não têm fineza. Têm horror à sobriedade. A origem étnica é brandida sempre que possível. É um estandarte. Um escudo. Um tapa-miséria. Elas ignoram quem são, só sabem de si mesmas aquilo que lhes disseram. À custa de preconceitos, discriminações, relegação a lugares que ostentam o código postal das antigas possessões coloniais. Entraves invisíveis, porém muito reais, cuidadosamente erguidos por uma sociedade que não deixa nada ao acaso.

---

43 Ovo cozido frio acompanhado de maionese, tradicionalmente servido como entrada nos bistrôs franceses. (N. T.)

44 Linguiça tipicamente francesa, feita a partir de tripas de porco ou terneiro. (N. T.)

As educadoras estão ambas de dieta, por razões totalmente distintas. Louise não se fia em pessoas que torcem o nariz para comer. Acha suspeito. Torta de alho-poró e iogurte. É só o que elas pedem. Não quer nem saber. Traça o pacote completo. A torta parcamente guarnecida de legumes, modestamente recheada de queijo. A *andouillette* esponjosa, feita de tripas que parecem ser sintéticas. Qualquer coisa é melhor que a gororoba de Crimée nos dias em que não lhe sobram nem dez francos para ir ao albergue senegalês. Ela come. Está exausta. Realmente esgotada. Essa gente precisa selecioná-la. Daria tudo por um quarto todo seu. Agora não depende mais dela. Depois da prova oral de hoje, só resta aguardar o resultado.

Torce para sua ansiedade não ser perceptível. As educadoras esmiúçam cada um dos seus gestos. Espiam. Analisam. Mastigação. Deglutição. Procuram ler em suas entranhas. Paciência. Tem que passar por isso se quiser dar um futuro a Bliss. Eles precisam aceitá-la aqui, acolhê-la por mais de seis meses. Vai conseguir um emprego modesto, voltar para a universidade e fazer o mestrado. Pretende concluí-lo em dois anos. Primeiro, o seminário. Depois, a pesquisa e a dissertação. Seu plano é se debruçar sobre James Baldwin e os anos sessenta. Ainda está meio vago. Vai ter que pensar melhor. Mais tarde.

Apressa-se em despedir-se. Com essa frieza cordial que herdou de um atavismo burguês. E que ressurge em momentos de fragilidade. Não se pode negar totalmente quem se é, nem reinventar-se de todo. Aperta a mão das duas mulheres olhando-as nos olhos. Só o que ela quer agora é sair. Tomar ar.

A direção é indicada por setas. Ela se perde. Informam-lhe o caminho, duas vezes. O serviço de endocrinologia do grande hospital parece... Parece o que exatamente? As paredes, os rodapés, descamam tons degradês de marrom. Tudo cansado. Bocejando. Atrás de um balcão, uma funcionária administrativa classifica documentos segundo um sistema complexo.

Não há ninguém ali. Nem um gato-pingado. Louise se pergunta por que teve de esperar tanto tempo por essa consulta. Dirige-se à funcionária, diz o que tem que dizer. Ouve em resposta:

– Ele ainda não chegou. Vou fazer seu cadastro. Seu cartão de seguridade social, por favor.

A jovem apresenta o documento fornecido pela senhora P. depois que ela foi inscrita pelo serviço social da Rue de Joinville, atrás do CHRS. A esse atestado contendo seu número de inscrição na seguridade social, junta uma declaração de que pessoas na sua situação estão isentas de pagar despesas médicas. São integralmente cobertas pelo Estado.

Na sua frente, a funcionária maltrata os lábios numa careta estúpida, antes de resmungar:

– Nosso sistema ainda não está bem ajustado para os cartões Paris santé…

Louise não se sente concernida. Cada um com seu pepino. Fica olhando a funcionária penar para se acertar com as diretivas ministeriais. Ela experimenta diferentes funções do computador, busca uma solução, suspira. Suspira outra vez. Mensagens de erro surgem às pencas na tela preta. Palavras, sinais de pontuação, números… A funcionária fica vermelha. Transpira. Louise não desgruda os olhos dela. A mulher resolve pedir socorro. Levanta o fone do gancho como um náufrago se agarra a uma boia.

– Philomène? É Raymonde. Não estou conseguindo cadastrar um cartão Paris santé… Sim, digitei o código, apertei o *enter* para validar, e nada. Não, escute… Não estou entendendo nada. Você pode vir dar uma olhada?

Louise pergunta se pode sentar-se... enquanto isso?

Sim, claro. Sente-se.

Philomène deixou tudo em ordem, depois de um bom dedo de prosa. E eis que, de repente, o local se enche de pessoas idosas ou com excesso de peso. Chega um homenzinho moreno. Compensa a pequenez de sua estatura com uma agitação descoordenada dos membros superiores e dos músculos labiais. Estropia o nome de Louise. Naturalmente. Apressa-a para que o acompanhe, ela, que chegou pontualmente e estava esperando por ele.

No consultório, entrega-lhe a carta do médico de Crimée. Leitura rápida. Perguntas, e também apalpação de seu corpo. O professor doutor preconiza internação hospitalar para avaliar melhor. Liga para Raymonde, exprime-se vivamente, já que esse é o seu jeito, verifica em que período o serviço pode receber a jovem. Depois rabisca umas coisas num papel timbrado. Apressa-a novamente para que o acompanhe e entrega tudo para Raymonde sem sequer olhar para sua paciente. *Três dias, de 19 a 21 de janeiro.*

Feito isso, trata ligeiro de introduzir outra pessoa em seu consultório. Raymonde fornece a Louise um conjunto de etiquetas autocolantes contendo: seu nome grafado errado, seu número de seguridade social e um endereço, Rue de Joinville, número 1. É o do centro social onde as mulheres albergadas em Crimée recebem a correspondência. As cartas chegam todas misturadas, ficam amontoadas num canto. Elas têm de vasculhar a pilha toda para achar o que estão buscando. E têm de se lembrar de ir buscar. Ninguém avisa quando chegam as cartas.

O metrô está com espasmos. Convulsões ao parar e ao partir. Queda de energia, dignam-se a explicar após uns bons quinze minutos de espera. Louise pensa em Bliss. Acha que podia ter trazido a menina. Sua filha não teria atrapalhado. Pelo contrário. O que atrapalha é esse sacolão que ela não consegue largar num canto. Pergunta-se o que ainda a prende ao tempo de antes. Crimée se tornou um ponto alfa. Vai fazer, hoje mesmo, uma limpa nisso tudo. Os macaquinhos que já não servem em Bliss. Os brinquedos que já não lhe interessam. Vai deixar tudo no armário sem chave do quarto, que também fica sempre aberto. As outras vão aproveitar. Nenhuma preocupação quanto a isso.

No que sai da estação Crimée, ela as vê. Na multidão. Louise as percebe de imediato. As desgarradas habitam seus corpos de uma estranha maneira. Seu movimento ou é um grito, ou um retraimento. Estão tomando um ar, cuidando de matar o tempo. Assassinato sem fim. Crime sempre imperfeito, porque ilusório. O tempo é imperioso. É uma distância a ser mantida. Uma obrigação de resistir, seja lá como for. Precisa de atividades, de objetivos. Sem o quê, erode o vivente. Louise caminha na multidão. Não se ajusta ao ritmo do comum dos mortais. Pena para se mover fora do espaço que a separa tanto das pessoas socialmente inseridas quanto das mulheres do Centro.

No pátio do CHRS, uma comezinha cena de loucura. Uma garota escandalosamente maquiada está berrando. Se rolando no chão. Diz que está doendo. Queimando. Que não aguenta mais. Dois dias atrás, tentou cortar as veias com uma faca de mesa para extirpar essa dor de dentro dela. Ninguém sabe do que ela está falando. Chega uma ambulância. Leva-a dali. Não é problema de ninguém. As mulheres tagarelam. No pátio, no saguão, nos corredores, nos degraus da escadaria. Falam para não dizer nada. Qual guitarras saturadas na melodia banal do fracasso. Louise as ignora. Elas percebem. Não sabem o quanto irão assombrá-la mais tarde. O quanto ela já as traz dentro de si.

Bliss está dormindo. Tem no rosto o rastro branco das lágrimas secadas. Arranhaduras efêmeras em sua pele de anjo. Mesmo em seu sono, ainda soluça. A senhora A. reitera quão nociva é para ela uma excessiva proximidade com a mãe.

– Ela realmente precisa aprender a desgrudar de você. Sugiro que a deixe novamente conosco amanhã, ao menos por meio período.

– Não, senhora A. Eu e minha filha vamos desgrudar uma da outra quando já não sentirmos risco de nos perdermos.

– Está cometendo um grave erro.

As últimas palavras da senhora A. se esvanecem no ar. Louise sai da creche abraçando a filha contra o peito. No que estão entrando no quarto, Bliss abre os olhos. Parece não ver nada. Grita. E então percebe que está com a mãe. Murmura. *Mamãe...*

No quarto, Prudence está rezando. Vanessa, dormindo. Vestida com uma batina branca, um lenço no cabelo, a congolesa está de joelhos. Lágrimas correm, abundantes, em seu rosto de máscara sagrada. Seus lábios tremem. Está murmurando algum salmo vingador, versículos depuradores. Tirou os cabelos postiços, que estão jogados no chão. Em sua veste ampla, é tragada pela força de uma revelação autossugerida que a absorve em abismos de inconsciência. Essa conversão é uma forma de derrelição. Julgando aproximar-se de Deus, Prudence acaba de se extinguir. Como falar com ela, de ora em diante? Já não terá na boca senão imprecações. Prudence, astro morto de nunca ter sido contemplado. Como todas as outras. As passageiras de Crimée.

Louise não a condena. Nessa vala comum, cada uma se cuida como pode. Não raro mergulhando mais fundo no mal que a consome e ninguém pode ouvir. Crimée despreza os estados de ânimo. Não tem tempo para isso. Ouvir não faz parte da sua *missão*, nem do seu *orçamento*. Assim como Louise tem intenção de fazer, Prudence deixou dentro do armário tudo o que não lhe tem mais serventia. Essencialmente, suas roupas faceiras de outros tempos: sapatos comprados ao custo de dietas sem fim, vestidos curtos, longos, bem justos no corpo.

O jejum, de ora em diante, terá virtudes curativas, edificantes. Será praticado com frequência. O corpo deverá ser subtraído aos olhares. Louise não irá mais ouvir o riso de Prudence. Elas se verão cada vez menos. A congolesa passará seus dias com *irmãos e irmãs* que já deixaram *o mundo*, só retornando a Crimée pouco antes do toque de recolher. Louise se deita na cama, ainda com Bliss junto ao peito. Em silêncio, fala com sua amiga pela última vez.

> Prudence, beleza de bronze negro. Seu corpo aberto se lacerou nos espinhos do mundo. Você hoje o empareda numa opaca exegese. Mesmo sua filha, ainda será capaz de amá-la? Ou ela se tornará a materialização dos pecados de que você julga ter de ser absolvida? Você irá domá-la. Comprimi-la. Perdê-la, sem dúvida. Amo você, minha irmã, e não há nada que eu possa fazer por você. Nada. Existe algo mais trágico que um amor impotente? Você terá de ser uma ferida a mais, um talho adicional, uma pergunta sem resposta.
>
> Não iremos mais somar nossas diferenças, aprender uma com a outra. Não iremos mais rir – porque rir é indecente – para insultar a desgraça pelas costas. E ela nos terá para todo o sempre vencido, porque já não poderemos

apagar seus vestígios. Quero lhe prometer. Firmar com você um pacto indefectível... Mas só o que tenho a oferecer é uma solidão semelhante à sua, que apenas irá trilhar diferentes caminhos.

Mbambe̱...

Não sou mais sua menininha. Não mais. Eu devia ter-lhe dito desde o começo, mas não queria falar sobre isso. Então trapaceei. Você não sabe que estou usando manequim quase 52, que perdi vários dentes. Podiam ter sido tratados, mas eu não podia pagar. Foram arrancados.

Saí arranhada demais das minhas desventuras para esperar te abraçar como antes. Eu não vou mais voltar. Será tarde demais para isso depois que eu tomar de volta o que a vida me tirou.

Vou ficar aqui. Onde conheci mulheres grávidas que temiam ter filhos, não suportavam sua presença, imploravam que ficassem em seu ventre, que não viessem ao mundo.

Aqui. Onde vi morrer Véronique e Prudence, onde conheci o fantasma de Virginie. Onde meu sobrenome não tem significado. Aqui, onde caí, onde vou me reerguer.

Isso eu lhe prometo. Vou andar ereta. E, depois que andar, vou assinalar minha presença a todos. Para você não ter me amado em vão, me sonhado em vão. Eu farei algo. E serei livre.

Mbambe̱...

Você agora não pode me dizer quem eu sou. Eu mesma terei que descobrir.

Não vou mais lhe escrever. Saiba, porém, que não se passará um dia sem que eu pense em você. Nem um dia sem que eu pense em você.

Sua poeira de estrelas.

Corre pelo Centro, desde alguns dias, um murmurinho de agitação mal contida. Um segredo se espalha. Mulheres que nunca se aproximaram de Louise vêm timidamente puxar papo com ela. Não é fácil abordá-la, com esse semblante hermético e feroz que compôs para si mesma. As mulheres tratam de sondar o terreno. Avaliar até que ponto se pode confiar nela. Concluindo que é digna de crédito, vão falar com ela uma noite, depois do jantar. Referem, em sua taramelice, condições deploráveis que precisam ser mudadas. Duração muito curta dos acolhimentos. Soluções meia-sola para os problemas dos sem-teto, dos mal alojados. Criação de locais onde as famílias possam ficar juntas. Obtenção de moradias sociais. Melhoramento do estatuto dos estrangeiros pais de filhos franceses... São todas coisas sobre as quais é amplo o consenso verbal.

Acham jeito de encaixar, em meio à conversa, pequenos excertos de suas histórias pessoais. A líder, uma andrógina vestida com calça jeans e botas de cowboy, teria sido executiva numa SSII.[45] Sua fala franca era pouco apreciada por seus superiores hierárquicos, os quais tinham erigido humilhação e tortura mental em métodos de gestão. Jogaram cascas de banana sob suas botas. Até que veio a demissão por falta grave, tramada por mão de mestre. Dispondo repentinamente de muito tempo

[45] Société de services et d'ingénierie en informatique [empresa de serviços e engenharia em informática]. Hoje, ESN: entreprise de services du numérique [empresa de serviços digitais]. (N. A.)

livre, dera para frequentar o gim e o pinot noir. Mas tinha parado. Ia lutar para reconquistar seu lugar ao sol social.

– É o que todas nós queremos. Dar a volta por cima. Se quiser ser uma das nossas, vai haver uma reunião amanhã à noite, na Rue de l'Oise... O local pertence a um sindicato que, às vezes, o empresta para associações. E então, podemos contar com você?

– Estarei lá.

– A propósito, qual é seu apelido?

– É o meu nome: Louise.

Só agora elas se apresentam. Atrás desses muros altos, os códigos se invertem. Conversa-se primeiro, as apresentações vêm depois. Elas são duas. A chefe, tirada da costela de John Wayne, atende pelo doce nome de Patricia. Ao seu lado está Séverine. Roliça, vestida com um tailleur creme. No seu caso, foram as violências conjugais que a expulsaram do mundo dos vivos, no qual tocava com o marido, fabricante de calçados de luxo, um próspero comércio na Rue Monsieur. Clientela abastada. De crápulas formados em instituições prestigiosas. Ministros. Banqueiros. Homens de negócios.

Com o divórcio, viu-se banida da boa sociedade frequentada pelo marido. Não foi recebida por mais ninguém. Só lhe restou uma confortável pensão compensatória para gastar até sobre-endividar-se. Os depósitos hoje estão sob penhora. Penhora total. Perdeu seu apartamento. Teve uma depressão. Ao sair do Centro, será encaminhada para um hotel social.[46] Séverine e Patricia dificilmente teriam se frequentado em suas vidas anteriores. Em Crimée, tendo ambas a seu favor os resquícios de uma superioridade passada, elas cerram fileiras.

[46] Hotéis sociais são construções comerciais, destinadas a proporcionar uma solução de alojamento temporário ou permanente, a um preço moderado, a pessoas com dificuldades financeiras e sociais. São conjuntos de habitações homogêneas, autônomas, equipadas e mobiliadas. (N. E.)

Os funcionários do CHRS captaram o burburinho, é claro. Fazem cara de nada. Estão, decerto, preparando um contra-ataque republicano, sob a batuta da todo-poderosa diretora do Centro. A reunião está marcada para depois do jantar. Uma calma perceptível demais para não ser um prenúncio pesa, de repente, sobre o local. Um número expressivo de passageiras não comeu quase nada. Sobraram toneladas de arroz empapado, de molho engordurado, que irão para o lixo. As mulheres saem de fininho. Uma a uma. Combinam pontos de encontro. Na Rue de Flandre. Na Rue de Joinville. No Quai de la Marne.

O povo de Crimée troca suas cores vibrantes por tons pastel. Essas moças estão fazendo o melhor que podem. Ao se reunirem lá fora, soltam um suspiro de alívio. Suas mãos suadas se encontram. O rubor lhes sobe às faces. Elas vão fazer algo. Seu olhar brilhando de excitação desde o raiar do dia as traiu. Sem contar que a natureza humana tem suas taras intrínsecas e universais: algumas mulheres, identificadas mais tarde, tarde demais, e sem certeza absoluta, atuam a serviço do poder. São colaboracionistas. Infiltradas. Que julgam se utilizar do Sistema.

A reunião começou há apenas alguns minutos. Os ativistas que a promoveram já sentiram que não poderão conter os ardores verbais das mulheres de Crimée. Elas necessitam falar. Eles se mostram indulgentes. Compreendem que essa violência se expressando é resultado da exclusão. Se compadecem. Essas mulheres não são más. Nada disso. Estão sofrendo. Só isso. Meneiam devagar a cabeça enquanto se sucedem os depoimentos pessoais.

As passageiras de Crimée não se veem como um grupo com interesses comuns. Os cartazes vermelhos nas paredes não vão alterar esse fato. Elas não são unidas. Têm cada qual sua história. Seus interesses. Seu estilo. Louise, com a filha adormecida contra o peito, observa a França do abaixo do baixo. A França de que eles não falam quando vão para o terceiro-mundo. Mal-e-mal alfabetizada. Dopada até a medula. Desempregada de longa duração. Já perdendo direito ao seguro. Sua língua pastosa. Suas unhas vermelhas. Uma França que não toma banho, pois de que adianta. Uma França enlouquecida de miséria, para quem tudo está dito. Pergunta-se qual França ela poderia legitimamente encarnar. Não será este seu objetivo: ser a França, ser da França. Consciência de si, estima de si: tais são suas metas.

Patricia John Wayne toma a palavra, lembra a pauta prevista para essa reunião: panorama da situação, busca de solução, desenvolvimento de um plano de ação. Os ativistas podem, enfim, lhe dar início. Falam sobre o que os levou a militar. Alguns teriam conhecido a exclusão. Que teria plantado neles a indignação. Após uma longa germinação, que consistiu em invadirem prédios desocupados para alojar famílias sem-teto, Crimée está clamando o florescimento da ira. Ocupação, sequestração, pressão, midiatização. Serão essas as cores dos brotos na hora, iminente – um ou dois dias –, da eclosão.

Louise observa esses quatro cavaleiros do fim da injustiça social. Repletos de cafeína, de nicotina. Sedentos, também eles, de reconhecimento. Querem armar um show. Dar uma grande tacada. Partir para cima do Sistema. Jogar areia em sua engrenagem por conta e risco delas, as mulheres de Crimée. Escolheram esse nicho após madura reflexão. Os outros campos de batalha já têm seus generais conhecidos. Precisam ser os primeiros em alguma frente. Promover sua associação. Firmá-la. Torná-la incontornável em matéria de direito à moradia.

É claro que isso eles não dizem. Louise compreende. Enxerga o que há por baixo dos panos. Se as coisas forem para o vinagre, eles vão se safar com todas as honras. Passar por cidadãos voluntários. Comprometidos. Dispostos a arriscar uma breve prisão temporária pela causa dos sem-domicílio. Não dizem de que forma pretendem protegê-las. Proteger essas mulheres de Crimée que se fiam neles. Crédulas como meninas. Não citam o número de famílias expulsas depois de arrastadas por eles em ocupações irregulares. Louise se nega a confiar em pessoas que aceitam implicitamente o princípio dos danos colaterais. Têm, a seu ver, a mesma lógica dos inimigos que afirmam combater. Servem-se dos fracos para chegar a seus fins.

Uma única vida exposta, uma pessoa posta em perigo merece mais precaução, mais preparação que uma simples reunião. É preciso haver um plano B. Ao menos um. Viu esses quatro cavaleiros rondando, dias a fio, nas cercanias do Centro. O simples fato de não mencionarem os riscos envolvidos já demonstra sua má-fé. É preciso que digam a verdade. Para que cada uma decida em sã consciência. Só no que falam é nos jornalistas sensibilizados por eles para essa luta, na ação similar que deverá ocorrer num abrigo para homens. Avisarão as mulheres quando chegar a hora.

Por enquanto, engambelam:

– É preciso que assumam totalmente a execução do movimento. Vocês, que estão dentro desse Centro, devem ser o motor da ação. Nós só intervimos num segundo momento, para ajudá-las a formular suas reivindicações junto aos poderes públicos. E agora vamos deixá-las, mas não sem antes agradecer fortemente Patricia e Séverine por terem sido receptivas à nossa mensagem, e por terem sabido convencê-las a unir forças para esta causa justa: a exigência de um teto para todos.

Louise observa esse último orador. Cabelo comprido batendo no ombro. Mechas grisalhas sabiamente distribuídas. Calça jeans, camiseta, tênis e jaqueta de couro puído. Aparência libertária. Patricia e Séverine estão se desmanchando de alegria. Foram distinguidas. São a fina flor das desgarradas. Os outros três cavaleiros se põem de pé, após guardarem inúteis documentos em pastas de papelão. Há duas mulheres, absolutamente reluzentes de verde e violeta. Adornadas de prata berbere nas orelhas, nos pulsos. O outro homem está vestido igual ao seu comparsa. Louise deixa o local.

Elas vão andando pelo Quai de la Marne. Bliss acorda, só por um instante. Embalada pelos passos da mãe, torna a adormecer. Os belos discursos ouvidos esta noite não tiram Louise do seu norte. Vai manter-se afastada desse *tempo do florescimento*. Ainda não recebeu sua carteira de residente. Sabe que outras subsaarianas reagirão da mesma forma. Ela não disse uma palavra. Poucas foram as vozes que se ergueram, aliás, contra o plano de ação sugerido. As que o fizeram foram alvo de insultos. As passageiras farão como lhes disseram. Acham que aquelas pessoas acreditam nelas. Que têm alguém do seu lado.

Faz um pouco de frio dentro do quarto. As janelas estão mal fechadas. A cama de Prudence está vazia. Quando ela chegar, vai perturbar o sono leve de Louise. Sem querer, mas mesmo assim. Não é fácil trocar a filha, colocá-la para dormir, ir escovar os dentes, voltar e deitar numa cama de que rangem todas as molas, sem fazer ruído. Então, ela fará essa barulheira toda, só indo para a cama depois de muitas genuflexões e contorções espirituais.

Louise fecha os olhos. Faz surgirem imagens em sua cabeça. Não chama isso de devaneio. É uma ginástica do espírito. Imaginar outra vida. Visualizá-la. Nunca chega ao fim do processo. Tudo se embaralha, se desfaz antes de se fixar. Não faz mal. Ela adormece.

Pouco depois do almoço, gritos. Gente correndo. Subindo os degraus que levam ao segundo piso, ao bunker da invisível diretora do CHRS. Vem, lá de cima, o estardalhar de uma porta de vidro. Louise sai do quarto, com Bliss aos prantos no colo. Vai para a sala de estar. Lá encontra sentadas, como previra, uma maioria de mulheres subsaarianas. Nesta sala e na outra, do outro lado do vidro. Estão todas com cara de velório.

Do térreo, sobem gritos lancinantes. Sons de luta. Vozes de homens. Tudo indica que as passageiras recorreram a reforços masculinos. Os amotinados de um abrigo onde algumas têm seus companheiros, seus maridos. Nenhuma das que estão na sala de estar deseja ter mais informações sobre os fatos. Não precisam de maiores detalhes para saber que as garotas não vão ganhar. Foi o país inteiro que as jogou nesse buraco. Não será hoje que ele vai fazer seu ato de contrição.

Pela janela gradeada de ferro forjado avista-se uma nesga de rua. Os quatro cavaleiros do humanismo estão sabiamente espalhados na multidão de curiosos que se formou. Surge uma câmera, vinda de uma perua preta estacionada mais adiante. Os porta-vozes das excluídas se posicionam sob os holofotes. Algumas mulheres saem de dentro do Centro, nervosas. Tiveram de dominar os funcionários. Trancar a diretora em sua sala. Deixá-la sob boa vigilância. Corre o rumor de que a polícia está a caminho. Ela, de fato, dá as caras. Músculos tesos. Botas, capacete. Cassetete na mão.

Mulheres são detidas. Em primeiro lugar, as que estão próximas aos jornalistas. Boa parte das que estão no térreo, onde os funcionários se acham rendidos pelos membros mais robustos da rebelião, masculinos e femininos, deve igualmente acompanhar as forças da ordem. Umas mocinhas ágeis e espertas tratam de correr para o primeiro andar, sentar ali na maior tranquilidade e não ter visto nem ouvido nada.

Fazem muito bem. Escutam-se os passos da República martelando no piso o seu direito legal. Observando as mulheres sentadas na sala de estar, os policiais isentam-nas de qualquer suspeita. Prosseguem sua inspeção do local. Instantes depois, descem do segundo andar, onde a diretora do CHRS se achava sequestrada. Seus carcereiros vão passar por péssimos bocados. Não maus. Péssimos.

Na Rue de Crimée, o camburão abre o mar de curiosos, levando sua carga de amotinadas e militantes associativos. Na calçada, uma criança chora, abandonada em seu carrinho. A República acaba de carregar sua mãe para a delegacia. Entregam-na aos cuidados da senhora A., que não deixará de salientar quão irresponsável é preciso ser para envolver crianças numa baderna dessas.

Retorna o sossego, mas não é um sossego ordinário. Um suor frio lhe escorre entre as espáduas. Ninguém tem vontade de falar no assunto. Ninguém vai falar. Não vai restar nada dessa revolta abortada, fracassada. Crimée seguirá sendo um segredo. Até para quem vive, pertinho do Centro, uma vida normal.

Não haverá perdão para as amotinadas. Nem sequer serão evocadas, como circunstância atenuante, a fragilidade ou a constante ansiedade pelo amanhã. Só serão pronunciados os termos: ocupação, sequestro, lesão corporal, perturbação da ordem pública. Não haverá perdão para as que cospem no prato em que comeram. Se cospem, é porque o prato era farto demais. Se há de pôr ordem nisso. Não irá se repetir.

O jornal local irá exibir imagens fugazes de mulheres bramindo seu desespero... e uma entrevista com um combatente da causa dos excluídos. O nome de sua associação, a contar desse dia, será ouvido com certa frequência. Ele venceu. Há mulheres detidas para averiguação, antes de serem expulsas do Centro. Há crianças dormindo sem suas mães. Não estar atrás de dinheiro não torna ninguém melhor que ninguém. Só buscar o poder, sob qualquer forma que seja, já é estar corrompido. Louise sempre terá um pé atrás com gente que discorre sobre fraternidade na mídia sem ser capaz de vivenciá-la de fato. Cujos ideais não são mais que retórica. Levanta-se. Muda o canal. Ninguém reclama.

Bliss e sua mãe estão sentadas no restaurante do Parc Montsouris. A caridade laica lhes propiciou belos momentos. Não se constrói a própria vida com umas poucas centenas de francos. Louise então gasta, esbanja. Sem pudor. A menina adora os bolinhos com creme que a mãe pediu depois do prato do dia. Está crescendo tão rápido.

Estão longe de Crimée. Longe da amargura raivosa de quem não achava que as passageiras pudessem chegar a esse ponto. Longe da fúria impotente das mulheres face às carroças de postas para a rua.[47] As que ainda tinham alguma dúvida agora sabem que o protesto é privilégio dos detentores de direitos, dos socialmente inseridos.

Quando se cai na casa do CHRS, perde-se tudo. Não há nada que se possa tentar enquanto se está nela. É preciso, primeiro, transpor essa etapa. Além do quê, Louise não acredita em associações de excluídos. Pessoas sinceras devem lhes dar suporte. Empatia cidadã. Indignação diante do sofrimento e das degradações que inevitavelmente ele induz. Uma certa visão do ser humano.

Isso tudo deve vir dos outros, dos que não forçosamente enfrentam a mesma provação, que talvez nunca tenham

---

[47] No original: *charrettes de mises à la porte*. Referência à *charrette des condamnés*, carroça que, durante a Revolução Francesa, conduzia os condenados para o cadafalso, sob o olhar da multidão que acompanhava sua passagem – imagem extrema da derrota e humilhação, que aqui remete às mulheres amotinadas expulsas do Centro. (N. T.)

vivido semelhante tragédia, mas valorizam um ou dois grandes princípios. A necessidade de erradicar a miséria deve obcecar, primeiramente, os que vivem na opulência.

Fossem as mulheres de Crimée uma real preocupação para os cavaleiros do humanismo midiático, em vez de um instrumento, um mero trampolim para o poder de aporrinhar o mundo sem transformá-lo, os acontecimentos poderiam ter tido um desfecho bem diferente. Eles teriam se manifestado na frente do Centro. Todos, inseridos e excluídos. Teriam falado com as pessoas, todas as pessoas, sobre as condições de vida e trabalho nos abrigos para pessoas sem-teto.

Mas não são nada, essas mulheres, senão um mal necessário. Pois como poderia haver ricos se não existissem os pobres, detentores de direitos sem os excluídos de direitos, bem nutridos sem os esfomeados... Longa é a lista dos males necessários. Chama-se realismo ao cinismo que consiste em acostumar-se com eles.

Quando o garçom lhe devolve umas moedas sobre os trezentos e cinquenta francos que eram o último auxílio financeiro da senhora P., Louise tira Bliss da cadeirinha. Deixa todo o troco de gorjeta. É apenas dinheiro. Um meio, não um fim.

No lago artificial do parque chapinham alguns patos. Bliss tem ímpetos de se jogar na água. A mãe detém seu impulso. Uma senhora sorri para elas. Tem cabelos brancos, fartos e sedosos. Olhos azuis com reflexos púrpura. Numa das mãos segura uma bengala. Na outra, um cachimbo. É bela e graciosa, em seu conjunto – calça e blazer – de veludo cotelê. Louise pensa que ela conheceu a guerra, e decerto outros dramas. Mas está ali. Sobreviveu, a vida é quem manda. Louise retribui seu sorriso.

Queria não ter de voltar para Crimée. Precisa aguentar mais alguns dias. Afora a senhora P., ninguém sabe que ela está prestes a transpor a terceira etapa do percurso. A sair da vala, finalmente. A casa materno-infantil a tinha colocado no topo da lista de espera. Sua admissão só vinha sendo protelada porque ela ainda aguardava o visto de permanência definitivo. Por fim, a direção da casa decidira confiar em suas chances de obter a carteira de residente. Afinal, se não pretendessem lhe fornecer o precioso documento, as autoridades não teriam lhe dado o comprovante... De modo que estavam dispostos a tentar reinseri-la.

Daqui a uma semana, estará fora daquele covil de desvalidas do destino. Nem a morte lhe dará mais medo que a perspectiva de voltar para um lugar como aquele. Vai lutar para evitar que isso aconteça. Arreganhar os dentes toda vez que se sentir desprezada, diminuída. Não vai aceitar se calar. O caminho ainda é longo até o desabrochar. Até a realização de si mesma. As estações do percurso de reinserção são muitas. Esta é apenas a primeira. Louise não avalia exatamente a distância que resta a ser trilhada. Por ora, deita na grama, com a filha sobre o peito. Rememora este verso de uma poetisa esquecida:

People of unrest and sorrow,
Stare from your pillow into the sun...[48]

---

[48] Margaret Walker, "People of Unrest". Tradução da autora: *Habitants du trouble et du chagrin, depuis votre couche, xez le coeur du soleil* [Habitantes da perturbação e da tristeza, mirem, desde o seu leito, o centro do sol...]. (N. E.)

Para as passageiras do
verão e outono de 1996.

As educadoras estão ambas de dieta, por razões totalmente distintas. Louise não se fia em pessoas que torcem o nariz para comer. Acha suspeito. Torta de alho-poró e iogurte. É só o que elas pedem. Não quer nem saber. Traça o pacote completo. A torta parcamente guarnecida de legumes, modestamente recheada de queijo. A *andouillette* esponjosa, feita de tripas que parecem ser sintéticas. Qualquer coisa é melhor que a gororoba de Crimée nos dias em que não lhe sobram nem dez francos para ir ao albergue senegalês. Ela come. Está exausta. Realmente esgotada. Essa gente precisa selecioná-la. Daria tudo por um quarto todo seu. Agora não depende mais dela. Depois da prova oral de hoje, só resta aguardar o resultado.

Torce para sua ansiedade não ser perceptível. As educadoras esmiuçam cada um dos seus gestos. Espiam. Analisam. Mastigação. Deglutição. Procuram ler em suas entranhas. Paciência. Tem que passar por isso se quiser dar um futuro a Bliss. Eles precisam aceitá-la aqui, acolhê-la por mais de seis meses. Vai conseguir um emprego modesto, voltar para a universidade e fazer o mestrado. Pretende concluí-lo em dois anos. Primeiro, o seminário. Depois, a pesquisa e a dissertação. Seu plano é se debruçar sobre James Baldwin e os anos sessenta. Ainda está meio vago. Vai ter que pensar melhor. Mais tarde.

Apressa-se em despedir-se. Com essa frieza cordial que herdou de um atavismo burguês. E que ressurge em momentos de fragilidade. Não se pode negar totalmente quem se é, nem reinventar-se de todo. Aperta a mão das duas mulheres olhando-as nos olhos. Só o que ela quer agora é sair. Tomar ar.

A direção é indicada por setas. Ela se perde. Informam-lhe o caminho, duas vezes. O serviço de endocrinologia do grande hospital parece... Parece o quê exatamente? As paredes, os rodapés, desenham tons degradês de marrom. Tudo cansado. Bocejando. Atrás de um balcão, uma funcionária administrativa classifica documentos segundo um sistema complexo.

Referências literárias

Maya Angelou:
And Still I Rise [Ainda assim eu me levanto]

Léon-Gontran Damas:
"Il n'est point de désespoir" [Não há desespero]

Aimé Césaire:
Et les chiens se taisaient [E os cães se calavam]
"Calendrier lagunaire" [Calendário lagunar]
"Nouvelle bonté" [Nova bondade]

Édouard Glissant:
"Incantation" [Encantação]
"Promenoir de la mort seule" [Passeadouro da morte só]

Margaret Walker:
"People of Unrest" [Habitantes da perturbação]

Este livro foi composto com tipografia Adobe Garamond Pro e
impresso em papel Off-White 80 g/m² na Formato Artes Gráficas.